Gestaltung
Tilo Hertel

2022

Hartwig Woting

Dorfrunde

Kurzgeschichten

© 2022, Hartwig Woting

Herstellung und Verlag: BoD – Books
on Demand, Norderstedt

ISBN: 9783756801190

Für

BRITA

Der Umzug

20. 7.

Ich bin gefallen! Über die Teppichkante gestolpert. Das ging so schnell, schon lag ich lang im Zimmer. Nichts passiert!! Ich muss die Füße heben! Das darf nicht noch einmal geschehen. Und ich werde Kathrin und Helmut nichts sagen. Die kommen morgen und wollen mir bei der Vorbereitung meines Geburtstags helfen. 92!! Hätte nie gedacht, dass ich mal so alt werde. Mein Paul ist vor 30 Jahren gestorben. Damals habe ich gedacht, ich gehe bald hinterher. ICH NEHME MIR VOR, NICHT MEHR ZU FALLEN!! Kathrin hat letztens schon so komisch gefragt, ob ich noch allein zurechtkomme. Das hörte sich sehr nach Hintergedanken an. Bei mir hier einziehen können sie jedenfalls nicht. Kathrin arbeitet ja noch, und der Weg zur Arbeit wäre viel zu weit. Platz wäre genug. Aber ich glaube, Helmut würde mir schrecklich auf die Nerven gehen. Seit er Rentner ist, sitzt er den lieben langen Tag an seinem „Laptop". Was das wohl soll. Die Arbeit sieht er jedenfalls nicht.

21. 7.

Nun sind sie abgefahren. Morgen kommen sie wieder. Geburtstag! Kathrin hat geputzt, Kuchen gebacken, Gläser poliert. Und Helmut hat sich wieder pausenlos mit seinem

„Laptop" beschäftigt. Dass er das aushält, wenn um ihn herum gearbeitet wird! Schließlich hat Kathrin ihn am Kragen gepackt und ihm den Rasenmäher in die Hand gedrückt. Ich habe angeboten, das zu machen. Da hat Kathrin gesagt: Untersteh dich! Wenn die wüsste, was ich tagtäglich so alles mache.

Aber sie hat wieder so eindringlich gefragt, wie es mir geht und ob ich zurechtkomme! Helmut hat dann gesagt: Auch du brauchst irgendwann Hilfe. Ausgerechnet der! Vor einem Jahr ist mir mal die Milch übergekocht. Ich versuchte hektisch, die braunen Reste vom heißen Herd zu wischen, und Helmut kam rein, sagte „Guten Morgen" und setzte sich an den Küchentisch! Ich habe nette Nachbarn. Das muss reichen. Natürlich ist das Haus ganz schön groß, 200 Quadratmeter. Aber es ist mein Haus. Und wenn ich Lust habe, um Mitternacht die Waldsteinsonate zu spielen, so stört das niemanden. Nun bin ich müde. Der Tag morgen wird anstrengend.

22. 7.

Ich bin wieder allein. Aber das ist kein Seufzer der Erleichterung. ES WAR SCHÖN!! Viele Nachbarn waren zum Kaffee da, Menschen, die ich viele Jahre kenne. Einige fehlen schon, aber ist das ein Wunder? Kuchen hatten wir reichlich. Die Nachbarn haben sogar noch welchen mitbekommen. Kathrin hat fast alles allein gemacht. Immer wenn ich helfen wollte, sagte sie mit der ihr eigenen Autorität: Du bleibst sitzen! Trotzdem muss ich nun schlafen.

30. 7.

Ich bin wieder zuhause! Am Tag nach dem Geburtstag wollte ich die Himbeeren ernten. Es war ganz schön warm. Mir wurde plötzlich schwarz vor Augen, und den Rest weiß ich nur vom Erzählen. Meine Nachbarin wollte den Kuchenteller zurückbringen, da hat sie mich gefunden. Sie hat den Arzt gerufen, und der hat mich ins Krankenhaus geschickt. Herzinsuffizienz. Soll ganz normal sein in meinem Alter. Ich bekomme ein Medikament. Leider haben sie Kathrin verständigt. Bald wird sie hier sein. Das wird wieder Diskussionen geben!

Abends

Sie waren hier! Kathrin hat mich ganz offen gefragt, ob ich mir vorstellen könnte, in einer „Seniorenresidenz" zu wohnen. Als ich erwiderte, dass ich mir das nicht vorstellen kann, erzählte sie, dass sie sich eine sehr schöne „Residenz" angeschaut hätten, und es gebe im Moment zwei freie Zimmer! Da haben die hinter meinem Rücken Pläne gemacht über mein Leben! Fast hätte ich sie rausgeschmissen.

5. 8.

Ich bin wieder gefallen! Ich musste heftig niesen, da hat es mir die Beine weggerissen, und ich bin mit der Stirn auf den Klavierdeckel geschlagen. Ich sehe aus, als hätte ich einen Fausthieb ins Gesicht bekommen. Alles blau! Aber: nichts gebrochen!! Wie soll es weitergehen? Seniorenresidenz? Ich möchte doch unter meinen Apfelbäumen sterben. Möchte Klavier spielen, wenn ich Lust dazu habe. Seniorenresidenz ist ein lächerliches Wort. Endstation wäre richtiger. Warum sind denn zwei Zimmer frei? Weil die Leute gestorben sind! Dort zieht man ein, um zu sterben! Bin ich nun so weit?!

12. 8.

Ich habe zugestimmt! Weiß ich überhaupt, was ich da getan habe? Gut, das Haus ist hell und sehr gepflegt. Das Zimmer liegt im 4. Stock. Ich habe einen Blick in die Baumwipfel eines kleinen Parks. 20 Quadratmeter, also ein Zehntel meines Hauses. Wenn ich raus will, muss ich mit dem Fahrstuhl fahren, dann einen langen Flur entlang gehen. Die Straße vor dem Haus ist verkehrsberuhigt. Ich habe doch immer außerhalb der Stadt gewohnt. Aber es ist ja auch mein Sterbezimmer. Das Klavier darf nicht mit. Sie haben wohl Angst, dass sich die anderen Bewohner gestört fühlen. Aber ein elektronisches wäre möglich. Da kann ich dann mit Kopfhörern spielen. Alles neu und fremd und bedrohlich. Ich habe Angst!

20. 8.

Heute bin ich mit Kathrin in ein großes Musikgeschäft gefahren, um ein elektronisches Klavier zu kaufen. Scheußlich!! Wahrscheinlich büße ich damit nach und nach meine Anschlagskultur ein, aber es hört ja keiner. Nur ich muss mich hören. Aber ganz ohne Instrument geht es auch nicht. Da gehe ich ein. Hoffentlich behalte ich den Klang meines Klaviers im Gedächtnis, wie die Stimme eines lieben Menschen. Ich muss ganz stark sein! Mir hilft ja keiner. Alle wollen mir nur Gutes tun.

22. 8.

Heute war ich lange im Garten. Die Apfelernte werde ich nicht mehr erleben. Den Frühling dann auch nicht. Ob jemand im Winter die Vögel füttert? Mein Nachbar hat immer die Apfelbäume geschnitten. Ich darf nicht vergessen, ihn darum zu bitten, sonst verwildern sie. Und Helmut ist dafür zu doof.

24. 8.

Als ich bei meinem Nachbarn war, hat er vorgeschlagen, mit mir eine Runde durch die „alte Heimat" zu fahren. Ich fand das so nett! Er ist der erste, der begreift, wie es mir jetzt geht. Wir fuhren langsam durch die Dörfer, hielten oft an. Irgendwann habe ich angefangen zu heulen. Die Tränen liefen einfach, da half kein Zusammenreißen. Wollte ich auch gar nicht. Er saß einfach still daneben und ließ mich weinen. Ich bin ihm unendlich dankbar!

Heute war der Tag! Umzug. Alle Möbel, die ich mitnehmen konnte, sind in mein neues „Zuhause" gebracht worden. Ich stand an meiner Haustür und wagte nicht, mich umzudrehen. Ich weiß nun, dass ich dieses Haus und den Garten geliebt habe. Jeden Baum hätte ich umarmen mögen. Ich möchte mich dafür entschuldigen, dass ich das alles nun zurücklasse. Vorher hatte ich mein Klavier gestreichelt. Als ich dann im Auto saß, sagte Helmut, ich solle nun nach vorn schauen. Ich habe ihn angeherrscht: Fahr endlich los! Das ist ja wohl der größte Blödsinn! Was sieht denn jemand wie ich, wenn er nach vorn schaut? Noch mehr Kümmerlichkeit. Vielleicht setzt sich noch eine Demenz oben drauf oder Arthrosen, damit ich nicht einmal mehr E-Piano spielen kann!

Dann saß ich hier auf meinem Bett, schaute auf dieses alberne elektronische Klavier und dachte: Und der Mensch hat nicht mehr denn das Vieh, denn es ist alles eitel! Und dann liefen die Tränen. Es hat mich richtig geschüttelt. Eine Pflegerin kam rein, eine ganz nette. Die setzte sich zu mir, legte den Arm um meine Schulter und sagte: Ja, das geht allen so. Aber es geht vorbei.

Das ist nun mein Trost, dass alles vorbeigeht. Ich glaube, ich kann hier nicht einschlafen.

31. 8.

Heute habe ich mich in meiner neuen Umgebung umgesehen. Ich muss mich orientieren! Eine Pflegerin gab mir einen Gehstock. Habe ich noch nie benutzt! So bin ich langsam den Flur entlanggegangen. Eine Frau im Rollstuhl kam mir entgegen. Sie bewegte sich, indem sie mit den Händen auf die Räder griff und sich so weiterzog. Sehr geschickt machte sie das. Schließlich kam ich in den großen Aufenthaltsraum. Am Eingang saß eine Frau, die ich schon die ganze Zeit gehört hatte: Hallo, hallo, sagte sie andauernd. Aus ihren Augen traf mich ein verständnisloser, aber irgendwie flehender Blick. Ich lächelte und legte ihr eine Hand auf die Schulter. Da ergriff sie die Hand und ließ nicht mehr los. Mir schien, etwas Friede breitete sich in ihrem Gesicht aus. Also blieb ich stehen und ließ sie meine Hand halten. Als ich später weiterging, stammelte sie wieder: Hallo, hallo…

Am Fenster saß ein sehr dünner Mann. Neben ihm ein Infusionsständer. Aus einer Flasche lief eine bräunliche Flüssigkeit unter sein Hemd, wohl direkt in den Magen. Als er mich sah, legte er einen Finger auf das Implantat, das in seinem Kehlkopf saß, und sagte mit metallischer Stimme: Mein Frühstück.

Eine Frau war in einem Liegesessel eingeschlafen, zwei spielten Mensch-ärgere-dich-nicht. Was ich unbedingt erwähnen muss: in dem Aufenthaltsraum steht auch so ein unsägliches E-Piano.

Als Mittagessen hatte ich „Leichte Kost" angekreuzt. Ich bekam ein Hähnchenfilet, dazu Erbsen und Kartoffeln, hinterher eine Quarkspeise, die aus mir unklaren Gründen als „Panna cotta" bezeichnet wurde. Den Nachmittag verbrachte ich lesend (Rilke). Ein Gedicht ergriff mich total. Darum schreibe ich es hier mit auf (vielleicht liest ja später mal einer diese Zeilen):

Herbststimmung

Die Luft ist lau, wie in dem Sterbezimmer,

an dessen Türe schon der Tod steht still;

auf nassen Dächern liegt ein blasser Schimmer,

wie der der Kerze, die verlöschen will.

Das Regenwasser röchelt in den Rinnen,

der matte Wind hält Blätterleichenschau; -

und wie ein Schwarm gescheuchter Bekassinen

ziehn bang die kleinen Wolken durch das Grau.

Noch ist ja eigentlich Spätsommer, aber es ist mein Herbst, der angebrochen ist

3. 9.

Heute kam ich an einer offenen Zimmertür vorbei. Ich sah eine etwas verwahrlost wirkende Frau in einem Sessel. Sie hielt einen Teddybären vor sich und schien mit ihm zu sprechen. Auf ihrem Bett saßen noch weitere Stofftiere . Als sie mich bemerkte, verfinsterte sich ihr Blick. „Was willst du hier?", fragte sie. Als ich aber freundlich blieb, fing sie doch an zu erzählen: Diesen Bären hat mir meine Mutter in mein Babybett gelegt. Der war immer bei mir. Als ich fragte, wie alt sie sei, wusste sie es nicht. Bald beschäftigte sie sich wieder mit dem Bären. Hatte mich vergessen.

Überall begegne ich hier dem Abbau, dem Zerfall. Hier ist der Endbahnhof! Wer hier ist, kommt allein nicht mehr zurecht.

Und ich frage mich, wann wohl der erste Mensch über mich erschrickt, weil ich Selbstgespräche führe oder nur noch „Hallo" sagen kann.

Nach dem Mittagessen habe ich es endlich gewagt: Ich habe das E-Piano eingeschaltet und mir die Kopfhörer aufgesetzt. Beruhigend: Mit Kopfhörern klingt es nicht ganz so unerträglich. Ich werde mich gewöhnen müssen. Und: Ich muss üben!!!

5. 9.

Die Stimmung eines elektronischen Instruments ist eine Katastrophe. Gut, dass Johann Sebastian Bach so etwas nicht hören musste! Und wenn von diesem Instrument behauptet wird, es verfüge über eine Anschlagdynamik, so ist das eine Unverschämtheit. Trotzdem habe ich heute einen Entschluss gefasst: Ich werde wieder anfangen, die Beethoven-Sonaten zu studieren, und zwar eine nach der anderen. Mal sehen, ob ich Opus 111 noch erlebe!

7. 9.

Heute habe ich wieder so einen Rundgang gemacht (mit Gehstock). Eine Zimmertür stand offen. Ich ging vorsichtig rein. Die Bewohnerin hatte ich vor einigen Tagen im Aufenthaltsraum getroffen. Sie hatte meine Hand gehalten. Nun lag sie auf dem Rücken, ihr Gesicht war sehr eingefallen, Kinn und Nase ragten spitz daraus hervor. Ich habe das in meinem Leben oft gesehen. Es ist das Gesicht, wenn man am Sterben ist. Sie atmete ganz ruhig. Die Pflegerin, die mich an meinem ersten Abend getröstet hatte, war im Zimmer. Schwester Agnes heißt sie. Wir standen eine Weile vor dem Bett, ich sagte: Und auch das geht allen so. Sie nickte. Tränen. Als ich dann weiter zum Aufenthaltsraum ging, hatte ich das Bedürfnis, mich an das Klavier zu setzen. Ich spielte: "Ich ruf zu dir, Herr Jesu Christ" von Bach. Ich liebe dieses Stück sehr. Die Choralmelodie schwebt in himmlischer Ruhe über der sanften Bewegung der linken Hand. Als ich fertig war, standen einige Bewohner und Pflegerinnen um mich herum. Schwester Agnes sagte: Sie können ja wunderbar spielen! Ich erwiderte, dass dies ja auch mein Beruf gewesen sei. Sie wollte mich unbedingt mit einem Bewohner aus dem zweiten Stock bekannt machen. „Alle nennen ihn Hans. Er kann sehr schön singen", sagte sie. Am Nachmittag stand er dann vor meiner Tür. Er strahlt eine große Freundlichkeit aus. Wollte mir unbedingt etwas vorsingen. „Am Brunnen vor dem Tore" intonierte er. Er ist Amateur, singt aber wirklich schön und sehr sauber. Man merkt ihm an, wie gern er das tut. Kennt auch viele Lieder, „Adelaide" von Beethoven etwa oder eben „Die Winterreise" von Schubert. Wir haben verabredet, uns regelmäßig zu treffen..

8. 9.

Heute erfuhr ich, dass die Bewohnerin, an deren Bett ich gestern stand, in der Nacht gestorben ist. Einfach nicht mehr aufgewacht. Die Heimleiterin war bei mir und fragte, ob ich bei der Aussegnung wohl spielen könnte. Ich habe natürlich zugesagt. Später kam eine junge Pastorin und brachte mir einen Liederzettel. Es waren die üblichen Lieder, „Ich bin ein Gast auf Erden" und „So nimm denn meine Hände". Dazu bat sie um je ein Musikstück zu Beginn und am Ende der Andacht. Ich habe zum Anfang wieder „Ich ruf zu dir" vorgeschlagen, am Schluss die Aria aus den Goldbergvariationen. Das ist wie ein Symbol für das Leben: Am Beginn steht die schlichte Aria, fast ein Kinderlied, dann folgt Variation auf Variation, ein ganzer Kosmos, und am Schluss wieder die Aria. Der Lebenskreis schließt sich. Am Nachmittag war dann die Aussegnung. Ihre zwei Söhne und die Ehefrauen waren da. Die Verstorbene lag im offenen Sarg. So hatten ihre Kinder es gewünscht. Ihre verstörten, suchenden Augen waren geschlossen, tiefer Friede lag auf ihrem Gesicht, irgendwie ein Hauch von Ewigkeit. Ich habe diesen Frieden mitgenommen, als ich zurück in mein Zimmer ging. Ich spüre ihn noch jetzt, da ich dies schreibe.

10. 9.

Heute bat mich die Heimleiterin, eine kleine Abendmusik (so nannte sie es) für die Bewohner zu spielen. Ich setzte mich also an das Unsägliche. Die Heimleiterin sagte ein paar einleitende Worte, dann spielte ich lauter kleine Stücke, Menuette des jungen Mozart, die Träumerei von Schumann, auch ein paar Lieder. Die Bewohner klatschten Beifall. Ich sah in viele freundliche Gesichter. Ein schöner Tagesausklang.

12. 9.

Ich hatte eine Idee!! Ich bin noch immer ganz aufgeregt und frage mich, warum ich nicht eher darauf gekommen bin. Ich habe Kathrin angerufen und gefragt, wie es um mein Haus steht. Ich erfuhr, dass mein Nachbar inzwischen den Baum mit den Augustäpfeln abgeerntet hat. „Und in deinem Haus ist noch alles so, wie du es verlassen hast." Das hatte ich hören wollen! Ich möchte nämlich mein Klavier dem Pflegeheim schenken! Es soll hier im Aufenthaltsraum aufgestellt werden. Und am Wochenende könnte ich dann für die Bewohner regelmäßig kleine Konzerte geben. Oder eine von den Pflegerinnen möchte Klavierunterricht. Alles ist möglich. Ich freue mich!

Dorfrunde

Ein milder Sommertag in Meesiger am Kummerower See. Unsere Rosen blühen, die Apfelbäume sind gut bestückt, die Himbeeren werden reif. Die Erntezeit hat begonnen. Die Luft ist erfüllt vom Duft des gedroschenen Getreides, bis in die Nacht ist das Geräusch der Mähdrescher zu hören. In zwei Tagen könnte es regnen, dann muss es geschafft sein.

Vor ein paar Tagen haben wir uns das Haus des Schneiders Hermann Hagen angesehen, eine Ruine, nur ein paar Schritte von unserem Haus. Seine Tochter Hermine Willert hatte es bis vor ein paar Jahren bewohnt. So hatte es nicht das Schicksal der „volkseigenen" Häuser, die mit beliebigen Fenstern und Betonputz bis zur Unkenntlichkeit modernisiert wurden. Man findet noch viel Ursprüngliches. Nun aber ist es dem Verfall preisgegeben. Nicht mehr zu retten.

Der Keller hat einen Ausgang zum Garten. Vorsichtig öffne ich die morsche Tür, die ganz schief in den Angeln hängt. Eine große Spinne flüchtet ins Dunkel. Vor mir liegt der alte Gewölbekeller in der Dämmerung. Der Lehmputz bröckelt. Es riecht nach Feuchtigkeit. In den Wänden sind Nischen ausgemauert. Früher waren hier Bretter eingelassen, die die Vorräte aufnahmen. Eingemachtes, Marmelade, vielleicht ein Steintopf mit Sauerkraut. Auch eine Kartoffelkiste ist da, daneben ein Holzkasten mit Bierflaschen, die noch die alten Porzellanverschlüsse haben. Aber da sind Kartoffeln in der Kiste! Und sie sehen nicht so aus, als lägen sie schon Jahrzehnte hier.

„Warum kommst du durch den Keller?"

Hinter mir steht ein Mädchen, vielleicht zwölf Jahre alt, und
mustert mich neugierig, aber ohne Zeichen von Angst. Sie hält
ein Glas mit Leberwurst in der Hand, und nun sehe ich, dass die
Regale in den Nischen gut gefüllt sind. Ein Gurkentopf ist da,
Gläser mit Pflaumenmus und Kirschmarmelade, auch einge-
weckte Birnen. Das Mädchen geht zur Treppe: Komm mit!

Oben werde ich von Auguste Hagen empfangen. Ich kenne sie
von den alten Fotos. Sie bittet mich in die Küche. In der
Kochmaschine brennt Feuer. Eine große Eisenpfanne steht auf
dem Herd. Auguste lässt ein Stück Butter schmelzen, dann
schlägt sie Eier in die Pfanne. Der Duft erfüllt die Küche. Sie
nimmt nun ein großes Brot vor die Brust und schneidet
waagerecht Scheiben ab. Auf dem Küchentisch steht das Glas
mit der Leberwurst, das Brot, ein Krug mit Brunnenwasser, eine
Kanne mit Milch. Ein junge Frau hilft beim Decken.

Ella, holst du mal ein Bier für den Herrn?

Danke, aber das Wasser ist genau richtig.

Wenn das jüngere Mädchen Ella Hagen ist, dann bin ich jetzt im
Jahr 1910!

Der Schneider Hermann Hagen betritt die Küche: Das riecht
hier ja so gut! Ich muss noch den Bratenrock für den Bürgermeister fertig machen, aber erstmal habe ich Hunger.

Wir haben einen Gast.

Das sehe ich. Woher kommst du?

Fast hätte ich gesagt: Ich wohne hier in Meesiger.

Aus Berlin. Etwas Besseres fällt mir nicht ein.

Ach ja, Berlin. Unser ältester Sohn macht da seine Ausbildung.
Aber die Berliner fahren immer gleich bis zur Ostsee durch.

Oder sie bleiben an der Müritz. Den Kummerower See kennt keiner.

Ich probiere die beste Leberwurst, die ich je gegessen habe.

Die macht unser Schlachter Helm, erklärt Auguste, wissen Sie, hinter dem Gasthof Scheffert, wo es zum See runtergeht.

Bei Scheffert haben sie auch Fremdenzimmer, ergänzt nun Hermann.

Fremdenzimmer! Und ich habe nicht mal das Geld, um eine Übernachtung zu bezahlen. Einen Koffer habe ich auch nicht, nicht mal eine Zahnbürste.

Ich bedanke mich für das Abendessen, trete auf die Straße. Sie hat Kopfsteinpflaster. Gegenüber der große Hof von Carl und Erdmandine Woting. Vormals wurde er von Erdmandines Eltern bewirtschaftet. Sie war das einzige Kind. Als Carl aus Potsdam zurück kam, wo er seinen Militärdienst abgeleistet hatte, heirateten sie. So kam es, dass er den Schlorffschen Hof übernahm. Das Holztor ist zu. Dort ist schon Ruhe eingekehrt. Links vor mir sollte unser Haus sein. Das Gebäude sieht ihm ähnlich, ist aber flankiert von einem Stall und einer großen Scheune. Die Einfahrt ist offen. Ein junger Mann mit zwei Eimern kommt den Weg herunter, geht zur Pumpe. Es ist Johannes Hübbe. Er winkt und grüßt in meine Richtung! Ich drehe mich um. Gegenüber duckt sich ein kleineres Haus in eine Senke. Eine alte Frau sitzt vor der Tür, hebt grüßend die Hand. Ich kenne sie von einem uralten Foto: Sophie Hübbe, seine Großmutter. Mit dem Wasser geht er ins Haus zurück. Dort wird er es in Kannen umfüllen, die auf den Kommmoden in den Schlafkammern stehen. Damit man sich abends den Staub abwaschen kann. Eine Frau kommt aus dem Stall. Ich höre die Laute von Schweinen, die gefüttert wurden. Die Frau geht zum Haus, schließt die Tür.

Ein Pferdefuhrwerk kommt mir entgegen, biegt in den nächsten

Hof ein. Der müsste zu der Zeit Erich Kasten gehören. An der neuen Scheune steht, in Ziegeln gemauert: E.K.

Der Mann steigt vom Wagen, spannt das große Kaltblutpferd aus. Es steht da, mit gesenktem Kopf, müde von der Arbeit und dampfend. Der Mann reibt es mit einer Handvoll Stroh ab. Dann bringt er es in den Stall.

Wie er zurückkommt, sieht er mich: Kannst mir mal helfen?

Gemeinsam schieben wir den Leiterwagen in die Scheune.

Danke! Er geht zum Haus, verschwindet hinter der Tür.

Es ist nun Abend. Die Sonne steht über dem See. Aus dem Dorfteich hört man, wie die Unken ihr Lied beginnen. Langsam gehe ich weiter. Dahinten ist der Gasthof Scheffert, ein großes, zweistöckiges Ziegelgebäude. Die Tür ist offen. Ich höre Stimmen.

Soll ich hineingehen, irgendeine Geschichte erzählen, etwa: Mir wäre die Brieftasche gestohlen worden. Aber welche Heimatadresse gebe ich an? Wer bin ich überhaupt? Wer lebt, der für mich bürgen könnte? In etwa 6 Jahren wird mein Schwiegervater geboren werden.

Ein Hund wird auf mich aufmerksam und bellt. Ich denke an Schuberts „Winterreise": Bellt mich nur fort, ihr wachen Hunde. Lasst mich nicht ruhen in der Schlummerstunde.

Ich gehe weiter, bleibe dann am Dorfteich stehen und höre den Unken zu.

Gegenüber liegt der Hof der Familie Dürkoop. Als ich weitergehe, sehe ich, wie das große hölzerne Tor in der Scheune geschlossen wird: Feierabend.

Die Sonne ist hinter dem See verschwunden. Man hört nur noch die Unken und vereinzelt Rufen oder Lachen aus dem Gasthof. Auch das Tor der Schmiede an der Abzweigung nach Borrentin ist verschlossen. Morgen geht es weiter.

Ich betrete den Friedhof. Da ist rechts der Wotingsche Begräbnisplatz mit dem Gitter. Zwei steinerne Kreuze stehen auf den Gräbern von Carl Woting, dem Älteren und seinem Sohn Otto. Er war, noch nicht einmal 30 Jahre alt, eines Tages am Tisch tot umgefallen. Um 1910 gibt es viele Gitter um Begräbnisplätze. Auch die Toten haben ihren gesicherten Platz mit einem Zaun, wo die Familie versammelt ist.

Auf einem alten Stein lese ich:

> *Die kurze Lebenszeit*
>
> *Hab ich überwunden.*
>
> *Habe Glück und Seligkeit*
>
> *Bei Gott gefunden.*

Auch der Erbauer unseres Hauses liegt hier: Johann Joachim Friedrich Both. Auf der Rückseite seines Steins aus Granit steht trotzig-demütig:

> *Was Gott thut, das ist wohlgethan*

Mitten auf dem Friedhof erhebt sich ein großer Stein aus Marmor. Hier liegt eine Verwandte des Schneiders Hagen, noch jung an Schwindsucht gestorben: Wilhelmine Caroline Marie Hagen. Auf dem Stein steht:

> *Ich bin da schon angekommen*
>
> *Ich bin meine Krankheit los*
>
> *Und den Schmerzen ganz entnommen*
>
> *Ruhe sanft in Gottes Schooß*

Auf der anderen Seite des Steins lese ich:

> *Warum sollt ich doch sterben nicht,*

wenn ich, o meine Zuversicht,

wenn ich bei dir zu aller Zeit

genießen soll die Seligkeit.

Der ich im Begriff bin, alle Hoffnung fahren zu lassen, wundere mich über das große Vertrauen, das aus den Inschriften spricht.

Zwischen den Steinen bewegt es sich. Ein Fuchs nimmt die Abkürzung über den Friedhof. Er läuft in Richtung auf das langgestreckte Reetdachhaus der Familie Eggert. Auch die Fledermäuse drehen ihre Runden um den Turm.

Mich überkommt eine große Müdigkeit. Ich setze mich auf die Bank neben der Kirchentür, lehne den Kopf an die alten Steine hinter mir.

Ein Geräusch weckt mich. Vielleicht habe ich das alles nur geträumt! Vor mir steht ein Mann, etwas angetrunken wirkt er, lächelt aber: Du solltest es machen wie ich und nach Hause gehen. Es ist schon nach 10 Uhr.

Es ist fast dunkel. Und es war kein Traum!

Na denn, tschüss. Er geht weiter.

Ich schaue über den Friedhof und sehe, wie nun auch im Gasthof die Lichter erlöschen. Bald wird es ganz dunkel sein. „Es schlafen die Menschen in ihren Betten." Wieder Schubert.

Aber es muss doch einen Weg zurück geben. Wie ich das Wort „zurück" denke, kommt mir plötzlich eine Idee, eine letzte Hoffnung ist es.

Vom Friedhof gehe ich an Fernows Schmiede vorbei. Auf dem alten Wotingschen Hof ist noch ein Fenster erleuchtet. Aber die letzten Gäste vom Gasthof Schacht nebenan sind auch schon nach Hause gegangen. Alles dunkel und still. Nur das Konzert der Unken ist lauter geworden. Dort oben auf dem Hügel ist das

Haus des Schneiders Hermann Hagen. Auch hier ist alles dunkel. Ich hatte gehofft, er wäre noch mit dem Bratenrock des Bürgermeisters beschäftigt.

Ich klopfe an die Tür, erst vorsichtig, dann stärker.

Endlich regt sich etwas im Haus. Die Stimme von Auguste fragt: Wer ist da?

Ich bin der Fremde aus Berlin. Bitte machen Sie auf!

Nun höre ich auch Hermanns Stimme: Was ist denn los?

Ich habe etwas ganz Wichtiges bei Ihnen im Keller vergessen!

Die Tür öffnet sich: Hat das nicht Zeit bis morgen?

Die beiden stehen da in Nachthemden, Auguste hat sich eine Wolljacke übergezogen.

Nein, bitte glauben Sie mir! Ich muss unbedingt noch einmal in den Keller. Bitte entschuldigen Sie die nächtliche Störung!

Na gut. Es klingt nicht so freundlich wie beim Abendessen.

Ich gehe zur Kellertreppe: Vielen, vielen Dank.

Wenn die Tür zum Garten verschlossen ist, bin ich verloren.

Die Hagens schauen mir nach. Auguste hält die Lampe.

Mit klopfendem Herzen gehe ich zur Gartentür. Der Schlüssel steckt! Vorsichtig drehe ich ihn, öffne die Tür.

Wie ich im Garten stehe, rieche ich den Duft von gedroschenem Getreide.

Die Mähdrescher sind noch immer unterwegs.

Besuch beim Vater

Heute sollte es sein. Heute wollte sie es hinter sich bringen. Sie nahm ihre Tasche, prüfte noch einmal den Inhalt, fuhr vom Penthouse in die Tiefgarage. Die Fahrt würde eine gute Stunde dauern, Zeit genug zum Nachdenken. Sie rollte aus dem Halbdunkel der Garage in das gleißende Sonnenlicht. Das Navi ließ sie abgeschaltet.

Das Haus hatte sich kaum verändert, ein fast quadratisches Siedlungshaus mit Satteldach. Der Giebel war zur Straße ausgerichtet. Sicher hätte die Fassade einen neuen Anstrich gebraucht, auch die Farbe an den Fenstern blätterte. Alle Häuser in der Straße waren von diesem Zuschnitt, wie eine Phalanx von Soldaten, die über die Normalität wachten, beherrscht von Familienvätern, die darauf achteten, dass der Rasen peinlich geschnitten war. Zur Straße grenzte das Ganze ein Jägerzaun ab. Banale Normalität.

Hier war sie aufgewachsen. Einen Moment spürte sie das Bedürfnis, ins Auto zu steigen und weiter zu fahren. Warum hineingehen, nach zwanzig Jahren? Nach dem Abitur hatte sie diese Gartenpforte hinter sich geschlossen, um nie mehr zurück zu kommen. Hatte gehofft, alles hinter sich zu lassen, und hatte doch das Meiste mitgenommen.

Wie oft war sie über den   Betonplattenweg gelaufen, der zur Eingangstür führte. Sie konnte noch fühlen, wie es war, wenn man barfuß über die Platten ging. Früher gab es hier keinen

Grashalm, nun aber reckte sich das eine oder andere Kraut zwischen den Fugen.

Sie betätigte den Klingelknopf neben der Gartenpforte. Sie einfach zu öffnen, brachte sie nicht fertig. Hörte das Geräusch von Schritten im Haus. Dann wurde die Eingangstür geöffnet. Sie knarrte etwas. Da stand ihr Vater. Auch er hatte sich wenig verändert, war wie sein Haus nur schäbiger geworden. Die Haare waren grau, etwas Bauch hatte sich eingestellt. Sie stellte fest, dass er gegenüber früher nachlässig gekleidet war. Sein Hemd ungebügelt, die Hose hatte Beulen.

Er beugte sich vor und schaute mit hochgezogenen Brauen auf die elegante Dame, die da vor dem Gartentor stand. Dann nickte er:

Donnerwetter! Und noch einmal:

Donnerwetter! Hast du dich rausgemacht!

Dann fiel sein Blick auf den nachtblauen 5er BMW. Er schob die Unterlippe vor und nickte wieder. Nun schlurfte er zur Gartenpforte:

Komm doch rein!

Keine Umarmung, kein Händeschütteln. Aber nochmal:

Komm doch rein!

Als sie im Flur stand, wunderte sie sich, wie klein alles war, links die beiden steilen Treppen in den Keller und ins Dachgeschoss, wo früher ihr Zimmer war. Der Flur maß kaum drei Meter. Und es roch noch wie früher! Dieser Geruch nach verbrauchter Luft, nach der Feuchtigkeit, die über die Kellertreppe nach oben drängte, machte ihr Angst. Er öffnete die Wohnzimmertür.

Komm rein, sagte er wieder.

Das Wohnzimmer kannte sie, die Couch-Garnitur mit dem

niedrigen Tisch und, natürlich, die Schrankwand. Hinter Glas wurden allerlei Merkwürdigkeiten ausgestellt, Geschenke meist, etwa ein Kunstblumenstrauß, ein Porzellanhund.

Rechts war die Hausbar, die Abteilung war verspiegelt, um dem Ganzen einen Eindruck von Üppigkeit zu geben: Jägermeister, Asbach Uralt, Kosakenkaffee, dazu Gläser, eine Schale mit Knabberzeug.

Hast du Zeit für einen Kaffee?

Sie nickte. Ließ sich auf einem der Sessel nieder. Er verschwand in der Küche, hantierte mit der Kaffeemaschine. Schließlich brachte er ein Tablett mit einer Kanne und zwei Tassen.

Nimmst du ihn schwarz wie früher?

Wenn es geht, möchte ich etwas Milch.

Kein Problem! Wieder verschwand er.

Kaffeesahne habe ich nicht. Tut es auch normale Milch?

Ja sicher. Wie geht es dir?

Du weißt ja, Unkraut vergeht nicht.

Und wie geht es Mutter ?

Seit unserer Scheidung habe ich kaum von ihr gehört. Aber erzähl mal: Was machst du denn so?

Ich arbeite als Chefärztin in einem Krankenhaus.

Ja Donnerwetter! Dass du das geschafft hast! Hut ab!

Gibt es eigentlich unseren Nachbarn noch, den auf der linken Seite?

Der ist vor ein paar Jahren gestorben. Das Haus stand dann lange leer. Er hatte ja keine Kinder. Die Frau war auch schon tot.

Er hatte Kaninchen. Und hat sie immer ohne Betäubung geschlachtet. Sie haben geschrien, bis sie endlich tot waren. Ich habe das noch immer in den Ohren. Hörte sich an wie das Schreien eines kleinen Kindes.

Weiß ich nicht mehr!

Eines Tages lag so ein abgezogenes Kaninchen auf unserem Küchentisch. Du hattest dem Mann irgendeinen Gefallen getan. Und dann lag diese Kaninchenkeule auf meinem Teller, und ich konnte das nicht essen! Man kann doch nicht Schmerzen und Todesangst essen!

Verrückt!

Du hast dann mit dieser leisen Stimme, die du immer hattest, wenn es gefährlich wurde, gefragt: Warum isst du nicht? Als ich mich weiter weigerte, hast du mich gepackt, den Teller genommen und mich in mein Zimmer gebracht. Dort hast du mich verprügelt und gesagt: Du kommst hier nicht eher raus, bis du das Fleisch gegessen hat. Und dann hast du mich eingesperrt.

Weiß ich nicht mehr!

Ich habe dann das Fenster aufgemacht. Erst wollte ich alles rauskippen, aber das hättest du ja gefunden, das Fleisch auf deinem heiligen Rasen. Dann wollte ich springen. Aber ich hätte mir ja nur die Beine gebrochen und wäre dafür wieder verprügelt worden. Weißt du, ich wollte eigentlich immer sterben, als ich ein Kind war. Schließlich habe ich mich hingesetzt und zugeschaut, wie immer mehr Fliegen durchs Fenster kamen und sich auf das Fleisch setzten. Schließlich bist du reingekommen, hast den Teller auf den Fußboden gekippt und gesagt: Du machst jetzt alles sauber, wenn dir dein Leben lieb ist.

Das habe ich aber so nicht gemeint. Sowas sagt man mal so, wenn man wütend ist. Es hat mich sicher geärgert, dass wir das gute Fleisch nun wegwerfen mussten.

Wenn dir dein Leben lieb ist. Komisch, denn eigentlich war es mir ja gar nicht lieb. Da fällt mir übrigens ein, wie ich Schwimmen gelernt habe. Weißt du das noch? Unser Sportlehrer hatte euch angesprochen, weil ich es mit dreizehn Jahren noch immer nicht konnte. Du hast einfach einen Termin mit dem Bademeister vom Hallenbad gemacht.

Was soll das jetzt?, fragte er.

Nein, hör zu! Ich habe heftig protestiert. Ich hatte panische Angst vor Wasser. Du hast mich geohrfeigt, ins Auto gezerrt. Und dann waren wir in diesem furchtbaren Hallenbad. Schon der Geruch von Chlorwasser, die Geräusche dort, alles machte mir Panik. Dann musste ich ins Wasser. Der Bademeister hatte mich an eine Art Angel gebunden. Als ich dann das erste Mal allein schwimmen musste, habe ich so schnelle Bewegungen gemacht, dass ich kaum noch Luft bekam. Ich weiß nicht mehr, wie ich die Viertelstunde beim Freischwimmen überstanden habe. Ich weiß nur, dass ich ständig gekeucht habe: Ich kann nicht mehr, und ans Ufer wollte. Der Bademeister hat mich dann mit einer langen Stange zurück ins tiefe Wasser gestoßen. Am schlimmsten war der Sprung. Ich stand auf dem Ein-Meter-Brett und konnte es nicht. Plötzlich bekam ich einen Stoß, um mich herum brodelte es. Ich weiß nicht mehr, wie ich aus dem Becken gekommen bin. Dann hast du gesagt: Der Sprung gilt nicht. Der Bademeister hat ja nachgeholfen. Ich sollte nochmal springen. Aber dann sagte der Bademeister, es sei alles in Ordnung.

Sie atmete tief durch und wunderte sich, dass die Panik von damals sich immer noch einstellte.

Immerhin hast du Schwimmen gelernt. Manchmal muss man auch zu seinem Glück gezwungen werden.

Darin warst du ein Meister. Du hast mich so oft geschlagen und eingesperrt. Weißt du noch, wie es war beim Mittagessen? Wenn du dich an den Tisch gesetzt hast, durfte nicht mehr geredet werden. Und wenn ich irgendwas leise zu Mutter sagte, hast du mit der flachen Hand auf den Tisch geschlagen, und wir haben die Köpfe gesenkt, trauten uns nicht aufzuschauen. Einmal – daran musst du dich doch erinnern – hast du aus Wut, weil Mutter etwas zu mir gesagt hat, den Teller durchs Zimmer geworfen.

Ich weiß nicht, was du mit diesen alten Geschichten willst!

Sie sind eben da! Und sie werden da sein, solange ich lebe. Ich hatte ja auch Schulprobleme. Ich sah nicht ein, wozu ich das alles lernen sollte. Dazu war ich gehemmt und kriegte in der Klasse den Mund nicht auf. Aber für jede schlechte Zensur hast du mich geschlagen. Manchmal musste ich meine blauen Flecken unter der Kleidung verbergen.

Das war damals eben so. Meinst du, ich bin als Kind nicht geschlagen worden? War doch eigentlich auch gut gemeint. Aus dir sollte doch was werden.

Eines Tages brachte ich einen blauen Brief nach Hause. Meine Versetzung war gefährdet. Ich hatte schreckliche Angst. Du hast natürlich getobt. Dann hast du mich in den Keller gebracht und eingesperrt. Es war ganz dunkel, du hattest die Glühbirne rausgedreht. Damals habe ich erfahren, was Todesangst ist. Weißt du eigentlich, dass ich noch heute keine geschlossenen Türen ertrage? Nicht mal zugezogene Vorhänge. Ich saß da in der feuchten Dunkelheit und hatte: Angst! Das Gefühl kann ich nicht beschreiben. Doch irgendwann – ich musste ja die ganze Nacht dort verbringen - kam mir ein Gedanke, der alles änderte: ICH WÜRDE DICH TÖTEN!

Es war ganz still im Raum. Nur der Atem des Vaters war zu hören. Er saß zurückgesunken im Sofa und starrte sie an. Sie fuhr fort, ruhig und unbeirrt:

Nun ist es nicht ganz einfach für ein kleines Mädchen, einen

Mann zu töten, aber auch da kam mir die Lösung! Rätst du sie? Nein?

Der rechte Mundwinkel des Vaters war etwas nach unten gesackt. Er atmete tief und schnell.

Ich würde Ärztin werden! Ärzte wissen alles über Leben und Tod, und wer Leben rettet, kann auch Leben beenden. Der Gedanke war wie ein Licht in der Dunkelheit. Er tröstete und motivierte mich. Am nächsten Tag fragte ich einen der Lehrer, was ich tun müsste, um Ärztin zu werden. Er lachte und erklärte mir, dass sich meine Leistungen um 300 Prozent verbessern müssten. Ist dir nicht aufgefallen damals, dass ich plötzlich gelernt habe wie eine Besessene?

Dann hat meine Erziehung ja doch was gebracht, sagte er.

Er lallte etwas, als sei er angetrunken. Seine Stimme war heiser.

Ich habe ein Einser-Abitur gemacht und ein Superstudium hingelegt. Du könntest also stolz auf mich sein. Aber irgendwie ging mir dieser Gedanke nie aus dem Kopf. Ich habe dich ja gefürchtet und gehasst. Ja, ich habe dich gehasst. Wofür sollte ich dich lieben? Hast du dir darüber mal Gedanken gemacht?

Einen Moment war es total still im Raum. Der Vater war auf dem Sofa etwas zur Seite gerutscht. Sein schiefer Mund war halb geöffnet.

Aber nun bin ich hier, fuhr sie fort. Vorhin, als ich dich bat, mir etwas Milch zu holen, habe ich dir die mehrfache tödliche Dosis Botulinustoxin in den Kaffee geschüttet. Vielleicht möchtest du dich jetzt auf mich stürzen, wie früher, und losschlagen – aber das geht mit deinen Armen nicht mehr. Versuch mal, einen Arm zu heben – siehst du! Sicher würdest du auch gern zum Telefon laufen und den Notarzt rufen – aber du würdest feststellen, dass deine Beine dich nicht mehr tragen. Es würde auch gar nichts nützen. Das Gift tut seine Wirkung. Die Lähmung wird nun immer weiter fortschreiten – und dann stirbst du.

Der Warnton ihres Autos riss sie aus ihren Gedanken - sie hatte
die kleine Stadt erreicht, war aber viel zu schnell am Ortsschild
vorbeigefahren. Sie bog in die Straße ein, die früher mal ihr
Schulweg gewesen war. Noch ein paar Meter – dann erreichte
sie die Siedlungshäuser. Sie fuhr nun sehr langsam, um das
Haus nicht zu verfehlen. Aber dann hielt sie genau vor dem
Gartentor ihres Elternhauses. Sie stieg aus, blieb aber neben
dem Auto stehen und beobachtete den alten Mann, der mit
einer Hacke den Bewuchs aus den Fugen des Plattenweges
kratzte. Er arbeitete neben dem Haus, kehrte ihr den Rücken zu.
Dann ging er schwerfällig nach hinten, um sein Werkzeug in den
Schuppen zu bringen. Seine linke Hüfte müsste bald mal
erneuert werden. Nun kam er zurück, und ihre Blicke begegne-
ten sich. Er schaute mürrisch. Vielleicht ärgerte es ihn, dass da
vor seinem Grundstück eine Dame stand und ihn kühl über das
Autodach hinweg beobachtete. Dann wandte er sich ab, öffnete
die Eingangstür, ging ins Haus.

Vergeblich

Die Geschichte, die ich erzählen will, hat sich vor langer Zeit ereignet. Inzwischen sind etwa 100 Jahre vergangen. Es war an einem milden Sommerabend. Der Schuster war auf dem Heimweg. Er hatte die neu besohlten Reitstiefel zum Gutshaus gebracht, einen nachgenähten Sattelgurt abgeliefert, Arbeitsstiefel an ihre Besitzer zurückgegeben. Er fuhr mit seinem Fahrrad auf dem Sandweg zwischen den Dörfern, neue Aufträge in seinem kleinen Anhänger. Es war mühsam mit dem Fahrrad im Sand. Er war müde und hungrig, nachher würde er Rühreier mit Speck essen, sich dann mit der Pfeife vor die Werkstatt setzen, den Sonnenuntergang genießen. Er freute sich auf seine Frau und die beiden Kinder. Da fiel ein Schuss. Etwas klatschte gegen seine Schläfe. Ihm war, als würde sich das Fahrrad unter ihm wegdrehen. Aber er musste doch weiter! Er wollte nach Hause. Warum war es plötzlich so dunkel?

Nichts gestohlen, stellte der Dorfpolizist fest. Der Tote hatte den Lederbeutel mit den Tageseinnahmen in der Tasche, dazu die Liste mit den Namen der Kunden. Der Schuss hatte ihn in die linke Schläfe getroffen. War es ein Zufall? Der Fehlschuss eines Jägers vielleicht, der nicht ahnte, was er da angerichtet hatte?

Das ist eine Pistolenkugel, sagte der Arzt. Er hatte das Geschoss rechts in der Schädeldecke des Schusters entdeckt: Diese Munition kenne ich gut, die ist mir zwischen 1914 und 1918 oft begegnet. Ich würde auch sagen, der Schütze war nicht weit weg.

Am nächsten Tag fand der Polizist neben einer Linde am Weg dann die Hülse. Der Baum stand auf einer Wiese, keine 20 Meter neben dem Fahrweg. Der Täter musste also auf den Schuster gewartet haben. Er hatte gewusst, dass der gegen Abend hier vorbeifahren würde. Und er hatte sich nicht die Mühe gemacht, seine Spuren zu beseitigen. Trotzdem hatte der Dorfpolizist nun ein Problem.

Woher soll ich wissen, wer hier nach dem Krieg so eine Pistole auf die Seite geschafft hat, fragte er, die gehörte doch zur Standardausrüstung! Ich kann doch nicht von Haus zu Haus gehen und alle Schränke durchsuchen! Und wer das getan hat, der hat die Waffe bestimmt gut versteckt - oder verschwinden lassen. Und im Krieg haben ja alle gelernt, wie man damit umgeht!

Am Dorfteich traf er Edo Kraatz, den alle „Die Zeitung" nannten. Edo wollte alles wissen, kannte jeden, verstreute jedes Gerücht. Er schob sein Fahrrad durchs Dorf. An der Lenkstange hing immer ein Blecheimer. Man konnte ja nicht wissen, ob es etwas zum Einsammeln gab. Edo sprach mit einem Nachbarn, und der Polizist hörte, dass es um den Schuster ging. Du musst nicht meine Arbeit machen, sagte der Dorfpolizist. Machst du sie denn, fragte Edo.

Der Totensonntag war gekommen. Totensonntag sagten die Menschen im Dorf. Der Pastor nannte ihn den Ewigkeitssonntag. Unter der Woche hatte es geregnet, der Wind hatte die letzten Blätter von den Linden an der Dorfstraße geweht. Heute aber beleuchtete die Sonne das nasse Laub auf der Straße und trocknete die Grabsteine.

Vor der Kirche stand der Arzt und beobachtete die Gänse, die in Scharen über das Dorf hinwegzogen. Heute würden im Gottesdienst die Namen der Menschen verlesen, die im Kirchenjahr gestorben waren. Es hatte die beiden ältesten Frauen der Gemeinde getroffen, 90 und 96 Jahre waren sie geworden. Die eine kam vom Füttern der Hühner nicht zurück, und ihre Tochter hatte sie im Stall gefunden. Die andere hatte beim Frühstück erklärt, sie würde ab jetzt nicht mehr essen. Dann hatte sie sich ins Bett gelegt und die Augen geschlossen. So hatte sie ruhig dagelegen, auf Fragen und Angebote nicht mehr reagiert. Zwei Tage hatte das gedauert, am Morgen des dritten Tages war sie nicht mehr aufgewacht.

Einen Bauern hatte beim Arbeiten auf dem Hof der Schlagfluss getroffen. Er war 52 Jahre geworden.

Die Tochter des Müllers wurde nur 16. Sie war auf dem Gutshof im Nachbardorf in Stellung. Eines Tages lag sie tot am Fuß einer Leiter in der Gutsscheune, ein Unfall bei dem Versuch, Heuballen vom Boden zu holen. Besonders schlimm aber war, dass der Müller erst vor einem Jahr seine Frau begraben musste.

Und dann war da noch der Schuster. Einen Mord hatte es im Dorf seit Menschengedenken nicht gegeben. Der Arzt sah die Frau mit den Kindern die Straße heraufkommen. Sie gingen sehr langsam. Der Arzt gab ihr die Hand: Das ist heute ein schwerer Tag für dich! Dann sah er ihr nach, wie sie zum frischen Grab des Schusters ging. Das Grab war noch ein aufgeschütteter Hügel, mit ein paar Blumen bepflanzt, wartete noch auf das hier übliche Sandsteinkreuz. Die Frau stand einen Moment davor, drückte die beiden Kinder an sich, dann gingen sie in die Kirche. Der Arzt, der wie auch der Müller zu den Kirchenältesten gehörte, nahm auf einer separaten Bank rechts vom Altar Platz.

Die Angehörigen der Verstorbenen saßen heute in der ersten Reihe. So wollte es die Tradition. Nach der Predigt bat der Pastor die Gemeinde, sich zu erheben. Dann begann er: Ich komme nun zum Verlesen der Namen der Gemeindemitglieder, die Gott in seinem unerforschlichen Ratschluss zu sich gerufen hat. Er führte dann aus, dass es dem Menschen nicht zustehe, über Gottes Entscheidung zu urteilen, und dann ließ er, wie zur Bestätigung, das alte Lied singen: Was Gott tut, das ist wohlgetan. Es bleibt gerecht sein Wille. Als die Strophe kam:

Was Gott tut, das ist wohlgetan,

muss ich den Kelch gleich schmecken,

der bitter ist nach meinem Wahn,

lass ich mich doch nicht schrecken,

konnte die Frau des Schusters ihre Tränen nicht zurückhalten, und der Müller, der an seine Tochter dachte, kniff die Lippen zusammen.

Dann traten alle aus der Kirche ins Sonnenlicht, das es an diesem traurigen Tag so reichlich gab. Der Pastor drückte allen Gemeindemitgliedern die Hand. Als die Reihe an die Schusterwitwe kam, sagte er: Wenn wir auch Gottes Ratschluss hinnehmen müssen, so heißt das nicht, dass der Übeltäter seiner gerechten Strafe entgehen soll. Sie nickte, nahm ihre Kinder an den Händen, und der Arzt sah ihr nach, wie sie langsam den Kiesweg zum Friedhofstor hinunterging. Das Kirchenjahr war zu Ende. Nun begann offiziell die Weihnachtszeit.

Der Dorfpolizist kam nicht weiter. Natürlich hatte er den üblichen Aushang gemacht: Wer etwas wisse oder gesehen habe, möge sich bei ihm melden. Natürlich hatte er Gespräche mit den Dorfbewohnern geführt. Aber richtige Verhöre waren das nicht gewesen. Wie sollte er denn seine Nachbarn verhören? Er wollte eigentlich weiter in Frieden hier leben, er war hier geboren. Schließlich waren auch zwei „Kriminale" aus der Stadt angereist und hatten kritisiert, dass es bisher keine Ermittlungs-ergebnisse gab. Aber sie waren erst recht auf eine Mauer des Schweigens gestoßen. Meist standen sie vor verschlossenen Türen, oder sie trafen nur die Großmutter an, die erklärte, der Bauer und seine Frau seien auf dem Feld. Keiner hatte etwas gesehen. Nur Edo schob sein Fahrrad durchs Dorf, hatte einen Eimer an der Lenkstange und verbreitete seine Theorien. Das hörte nur kurz auf, als der Dorfpolizist ihm erklärte, dass er bestraft werden könne, wenn er jemanden zu Unrecht beschul-dige. Dann aber fiel Edo ein, der Schuster sei doch Soldat gewesen. Vielleicht gab es da einen Anhaltspunkt, einen Streit oder irgendeine Rivalität.

Im Dorf hatte der Schuster keine Feinde. Er galt als fleißig und geschickt, war auch gefällig, wenn jemand mal Hilfe brauchte. Dazu arbeitete er im Gemeinderat mit und bei der Freiwilligen Feuerwehr. Zwar war er nicht im Dorf geboren, aber die Familie, in die er hinein geheiratet hatte, gab es hier schon immer. Und seine Dienste brauchte jeder, vom Tagelöhner bis zum Gutsherrn im Nachbardorf.

Der November war ungewöhnlich warm in diesem Jahr. Noch am 1. Advent tanzten die Mücken, wie der Müller verwundert feststellte, als er vom Viehfüttern zurück zur Mühle ging. Seit dem Tod seiner Tochter verließ er die Mühle nur noch, um seine Tiere zu versorgen. Sein Haus hatte er verschlossen, mit all den Erinnerungen, die es barg. Morgens ging er früh den Hügel hinunter, fütterte seine Kühe, Hühner und Schweine. Dann drehte er den Kopf der Mühle in den Wind. Noch gab es Getreide, das gemahlen werden musste. Bis Weihnachten würde das erledigt sein. Das erste Weihnachtsfest ohne seine Tochter, das zweite ohne seine Frau.

Der Dorfpolizist fand, über die Idee von Edo Kraatz, der Schuster könnte sich irgendwelche Feinde gemacht haben, als er zwischen 1916 und 1918 Soldat in Frankreich war, müsste man mal nachdenken. Seine Vorgesetzten aber fragten gleich, ob er denn alle, die in derselben Kompanie waren, verhören wolle. Die sind aber nicht alle aus Pommern gewesen, die kamen aus ganz Deutschland, sagten sie. Dann aber suchten sie doch nach Vorgesetzten oder Kameraden des Schusters, fanden auch in Berlin einen Hauptmann, unter dem der Schuster gedient hatte. Der aber beschrieb ihn als eher unauffällig, er war kein Draufgänger, auch keiner, der Streit suchte. Einmal hatte er sogar geholfen, einen verwundeten Kameraden aus dem Schützengraben in Sicherheit zu bringen und war dafür wegen Tapferkeit ausgezeichnet worden. Auch konnte der Täter ja nicht von auswärts gekommen sein. Er musste gute Ortskenntnisse haben und die Gewohnheiten des Schusters kennen. Es blieb also dabei, dass hier oder in einem der Nachbardörfer ein Mörder lebte. Er saß vielleicht am Sonntag neben dir in der Kirche und sang: Jesus, meine Zuversicht. Oder er fütterte die Kühe auf dem Gutshof. Man konnte abends im Dorfkrug ein Bier mit ihm trinken. Wohnte er auf dem Nachbarhof?

Die milde Witterung wollte nicht weichen. Anfang Dezember blühten noch immer ein paar Rosen, und einige Schneeglöckchen wagten es, die ersten Spitzen aus der Erde zu schieben. Edo aber ging wieder mit Fahrrad und Eimer durchs Dorf. Er verkündete nun, der Schuster sei ja ein gut aussehender Mann gewesen, und bestimmt kein Kind von Traurigkeit. Der hat doch nichts anbrennen lassen, sagte Edo.

Solche mehrmals vorgebrachten Gerüchte sorgten für Unruhe, es war, als hätte jemand ein Gift verteilt. Warum hat sich meine Frau denn damals so lange mit dem Schuster unterhalten, fragte sich einer. Oder ein anderer erinnerte sich, dass seine Frau den Schuster am Palmsonntag angelächelt hatte. Die Frauen reagierten mit Empörung. Gleichzeitig aber wurden alle Ehemänner zu Verdächtigen. Besonders schlimm war es für einen Bauern, dem vor drei Jahren die Frau gestorben war. Er hatte, weit in den Vierzigern, eine Jüngere geheiratet.

Dieser Bauer und die Witwe des Schusters standen nun vor der Tür des Dorfpolizisten. Sie erhoben Anklage gegen Edo, genannt Die Zeitung, wegen Verleumdung und übler Nachrede. Der Dorfpolizist nahm ihre Aussagen zu Protokoll, und Edo wurde einbestellt. Ich hab dir so oft gesagt, du sollst dein Lästermaul halten. Nun kriegst du endlich die Quittung, erklärte der Dorfpolizist. Edo musste vor Gericht erscheinen und wurde wegen Verleumdung, Beleidigung und übler Nachrede zu einer Geldstrafe verurteilt. Die konnte er nicht bezahlen, also musste er sie absitzen. Und so wurde es Weihnachten.

Erst im Mai tauchte Edo wieder im Dorf auf. Dünn und grau war er geworden. Sein Fahrrad blieb nun im Schuppen. Manchmal sah man ihn vor dem Haus sitzen, wo er mit großem Interesse verfolgte, was so alles auf der Straße geschah.

Der Dorfpolizist aber tappte weiter im Dunkeln. Es nützte auch nichts, dass die in der Stadt nun Druck machten. Es nützte nichts, dass die Stimmung im Dorf vergiftet war. Einige Dorfbewohner verdächtigten sich gegenseitig, andere hatten Verständnis mit dem Täter: Wenn mir einer Hörner aufsetzen würde, ich weiß nicht, was ich mit dem machen würde, sagte einer. Und die Witwe des Schusters ging kaum noch aus dem Haus, weil viele sich fragten, wie oft ihr Mann sie wohl betrogen habe.

Der Todestag des Schusters jährte sich. Die Witwe hatte einen Rosenstrauß zu seinem Grab gebracht, aber ganz früh am

Morgen, damit sie niemanden treffen musste. Doch langsam verdünnte sich das Gift auch, das Edo ausgebracht hatte. Ganz langsam, fast unbemerkt, kehrte die Normalität zurück. Als der Dorfpolizist schon dachte, er hätte die Sache endlich hinter sich, stand eines Tages wieder einer der Beamten aus der Stadt vor der Tür: Wer hier im Dorf hat eigentlich einen Jagdschein, wollte er wissen und lächelte stolz über diesen guten Einfall. Die meisten, war die Antwort. Und dann erzählte der Dorfpolizist, dass es zwei große Jagden im Dorf gab: Im Herbst trafen sich alle zur Entenjagd, wenn die Zugvögel am Seeufer einfielen, und dann war da noch die Treibjagd im Winter. Könnten Sie mir eine Liste der Leute anfertigen, die an der Entenjagd teilnehmen, fragte nun der Beamte. Die kann ich Ihnen gleich geben, war die ernüchternde Antwort, da sind alle Männer dabei, ich übrigens auch, nur der Pastor findet, das passt nicht zu seinem Amt, für zwei Altsitzer, die schon über 70 sind, ist es zu mühsam. Edo hat noch nie mitgemacht. Der kommt immer erst hinterher, wenn es Schnaps gibt. Na, und der Müller ist ja noch in Trauer. Ob der nochmal mitmacht, weiß ich nicht.

Wie war das eigentlich mit seiner Tochter, fragte nun der Kriminale, die ist durch einen Unfall gestorben, hörte ich.

Wenn Sie da Genaues wissen wollen, müssen Sie den Arzt fragen. Der hat sie damals ja untersucht.

Wurde denn Fremdverschulden ausgeschlossen? Sie wundern sich über meine Frage? Na, ich dachte, vielleicht hat ja jemand den Unfall verursacht! Muss ja keine böse Absicht gewesen sein. Stellen Sie sich doch vor, der Schuster kommt in die Scheune, wie sie gerade auf der Leiter steht. Sie erschreckt sich und…Das ist nun aber zugegeben reine Fantasie.

Und Sie meinen, weil der Schuster sie erschreckt hat, schießt ihn dann der Müller tot? Reine Fantasie, ich sagte es ja schon.

Vergessen Sie es!

Fragen Sie den Arzt!

Schädelbruch, sagte der. Die Kollegin der Müllerstochter hat ja unter der Leiter gestanden und alles mit angesehen. Sie hatte wohl nicht mit dem Gewicht des Heuballens gerechnet, hat das Gleichgewicht verloren. Wenn sie so einfach runtergefallen wäre, hätte sie sich vielleicht den Arm oder den Knöchel gebrochen, aber sie ist mit dem Fuß an einer Leitersprosse hängen geblieben. Dadurch ist sie auf den Kopf gefallen.

Die Treibjagd fand dann doch bei klirrender Kälte statt, war aber nur mäßig erfolgreich, ein paar Hasen und Fasane lagen nachher auf der Strecke. Trotzdem traf man sich anschließend im Dorfkrug zum Aufwärmen, bei einer kräftigen Mahlzeit und natürlich Schnaps. Da stand dann plötzlich auch der Kriminale aus der Stadt in der Schankstube. Darf man sich setzen, fragte er. Ein Bauer antwortete: Man darf sich auch setzen, aber ich sehe keinen freien Stuhl! Irgendwann fand er dann doch noch einen Sitzplatz. Am nächsten Morgen erwachte er im einzigen Fremdenzimmer der Wirtschaft, mit furchtbaren Kopfschmerzen. Später wurde erzählt, er sei so besoffen gewesen, dass er das Nachtgeschirr unter dem Bett nicht gefunden und daraufhin an ein Tischbein gepinkelt habe. Er wurde nie mehr im Dorf gesehen.

Edo Kraatz saß auf der Bank vor seinem Haus und freute sich über die ersten Sonnenstrahlen. Nun kam endlich der Frühling, die Tage wurden wieder länger, einige Pflaumenbäume schoben schon ihre Blüten. Erste Bienen waren unterwegs. Bald würden die Kraniche aus dem Süden zurückkommen. Der Dorfpolizist machte seine Runde. Setz dich doch, sagte Edo, dann ging er ins Haus und holte zwei Flaschen Bier: Bist du denn schon weiter gekommen, ich meine, bei der Sache mit dem Schuster?

Zum Glück habe ich davon lange nichts mehr gehört, sagte der Polizist.

Edo nahm einen Zug aus seiner Flasche: Soll ich dir mal was sagen? Den, der das gemacht hat, den wirst du nicht finden, und wenn du noch hundert Jahre suchst.

Edo sollte Recht behalten. Der Fall ist nie aufgeklärt worden.

Ein Todesfall

Es roch. Im Flur des Jugendstilhauses im Berliner Westend breitete sich etwas aus. Es kam nicht von draußen, es war auch kein toter Maulwurf, den eine Katze hereingeschleppt hatte, wie die Hauswartfrau erst dachte. Der Geruch sprang jeden an, der das Haus betrat, wurde intensiver, wenn man die Treppe hinaufstieg. Und dann die Fliegen. Es wurden immer mehr. Sie hockten an den bleiverglasten Scheiben des Treppenhauses, krochen auf dem polierten Geländer und verlangten Einlass in die Beletage.

Die Hauswartfrau hatte einen Schlüssel. So musste die Polizei die Tür nicht gewaltsam öffnen. Als der Kommissar den Flur der Wohnung betrat, hielt er sich unwillkürlich ein Taschentuch vor Mund und Nase. Der Geruch hatte etwas Beißendes. Schnell ging er in das Zimmer zur Straße und öffnete die Fenster. Ein großer Raum, links an der Wand ein Sofa, daneben ein kleiner Tisch, auf dem Parkettboden ein großer Perserteppich, rechts und links neben der Tür zum nächsten Zimmer zwei Vitrinenschränke, voll mit Büchern.

Der nächste Raum war wohl eine Art Arbeitszimmer. Ein Konzertflügel war da, ein Schreibtisch, wieder verglaste Schränke mit Büchern und Noten.

Dann das Schlafzimmer. Das Bett war noch unaufgeräumt, auf dem Nachttisch ein Band mit Goethegedichten. Vom Schlafzimmer gelangte man ins Bad. Die Fliegen waren schon da.

Der Tote trug einen nachtblauen, seidenen Morgenmantel über dem Pyjama. Er lag auf dem Rücken, das weiße Haar noch ungekämmt, sein rechter Arm auf der Brust, der linke war unter die Badewanne gerutscht, die da auf vier verzierten Füßen stand. Sein Gesicht war eingefallen, das Kinn voller Bartstoppeln. Sicher hatte er sich rasieren wollen, als der Tod kam. Und danach war der Bart noch ein paar Tage weiter gewachsen. Auf seinen Zügen lag Staunen.

Der Kommissar hörte die Leute der Spurensicherung. Sie betraten den Raum in Schutzanzügen.

Unten traf er die Hauswartfrau. Lassen Sie uns nach draußen gehen an die frische Luft, bat er.

Wie alt war der Bewohner?

Alt. Er lebte allein, bekam nie Besuch.

Was tat er?

Manchmal spielte er Klavier. Er konnte gut spielen. Es hat mich nie gestört. Aber täglich ging er spazieren. Um 10.00 Uhr brach er auf, man konnte die Uhr danach stellen. Bei Begegnungen war er von ausgesuchter Höflichkeit. Er zog sogar den Hut, wenn er grüßte. Wer tut so was noch? Und dann seine Kleidung! Immer trug er erlesene Anzüge, manchmal Dreiteiler, also mit Weste. Im Sommer war es oft ein hellgrauer Anzug, dazu ein hellblaues oder fliederfarbenes Hemd. Natürlich passten Krawatte und Schuhe farblich. Im Herbst bevorzugte er Brauntöne. Ich war immer gespannt, was er wohl anziehen würde, aber nie hätte ich ihn auf einen Kaffee in meine Wohnung gebeten.

Die Tage vergingen. Der Obduktionsbericht ergab als Todesur-sache einen Herzinfarkt. Auch das Alter des Verstorbenen war nun bekannt. Er wurde 1934 geboren. Die Akte konnte geschlossen werden. Aber irgendwie war der Fall für den Kommissar noch nicht abgeschlossen. Und vor ihm auf dem Schreibtisch lag noch der Wohnungsschlüssel.

Eine halbe Stunde später stand er vor der Tür zur Beletage. Keine Fliegen mehr, dafür roch es nach Desinfektion. Er betrat den Flur. Links stand eine Biedermeierkommode. An der Garderobe hing ein Mantel, Burberrys, sauber auf einem Bügel. Auf der Hutablage ein Panamahut neben einem dunkelbraunen Borsalino. Auch ein Schirm war da und ein Spazierstock aus Ebenholz, die Silberkrücke hatte die Gestalt eines Entenkopfes.

Dass die rechte Tür in die Küche führte, hatte er beim ersten Besuch nicht bemerkt. Aber hier war nichts Besonderes. Sie war wohlgeordnet, mit dem Nötigsten ausgestattet. Der Bewohner war offenbar kein begeisterter Koch. Wozu auch? Er lebte ja allein und bekam keinen Besuch. Hinten rechts gab es eine Tür, die über die Hintertreppe zum Hof führte.

Das große Zimmer links vom Flur kannte er, das Biedermeierso-fa mit gestreiftem Brokatbezug, das Tischchen, den antiken Perserteppich, die mit Büchern gefüllten Vitrinenschränke. Marcel Proust war da, Thomas Mann, auch Heinrich Heine, Dostojewski, natürlich Goethe, eine schöne alte Ausgabe, in Leder gebunden, mit Golddruck. Dann sah er Musik-Literatur. Kirnberger: Die Kunst des reinen Satzes, dann ein mehrbändi-ges Werk mit dem sperrigen Titel: Syntagma musicum. Nirgend-wo in der Wohnung gab es ein Fernsehgerät oder gar einen Computer.

Er trat durch die Flügeltür. In diesem Raum hatte der Bewohner wohl hauptsächlich gelebt. Zwei verglaste Schränke für Noten und Bücher gab es, der große, schwarz glänzende Flügel stand beherrschend im Raum. An der Wand dahinter gab es einen

Braun-Plattenspieler. Die Schallplatten waren zweifach geordnet: nach der Epoche und nach dem Alphabet. Dann seitlich vom Fenster der Schreibtisch. Überall hatte sich eine feine Staubschicht gebildet.

Im Schlafzimmer mit dem ungemachten Bett lag noch das Buch auf dem Nachttisch. Er las:

> *An die Türen will ich schleichen,*
>
> *still und sittsam will ich stehen,*
>
> *fromme Hand wird Nahrung reichen,*
>
> *und ich werde weitergehen.*

> *Jeder wird sich glücklich scheinen,*
>
> *wenn mein Bild vor ihm erscheint.*
>
> *Eine Träne wird er weinen,*
>
> *und ich weiß nicht, was er weint.*

Beim Öffnen des Kleiderschranks bestätigte sich die Aussage der Hauswartfrau. Anzug hing hier neben Anzug, in einer anderen Abteilung stapelten sich sauber gebügelte Hemden, geordnet nach Farben. Die Seidenkrawatten lagen gerollt in einer Schublade.

Als er nun das Bad betrat, befiel ihn eine leichte Beklemmung. Aber wie schön war es hier: die alten Kacheln mit den Blumenmustern, die freistehende Wanne auf Löwenfüßen, das achteckige Waschbecken, gegenüber ein raumhoher Spiegel mit Goldrahmen, ein Schrank mit geschliffenen Glastüren, darin Pflegeartikel, Seife, sauber gestapelte Handtücher. Beim Öffnen entströmte ihm ein leichter Lavendelduft.

Noch einmal ging er zum Schreibtisch zurück. Er fand einen Stapel Briefpapier mit dem geprägten Monogramm des Toten, einen Füller mit Goldfeder, in der rechten Schublade aber lagen beschriebene Bögen, in der Mitte gefaltet. „Liebe Renate" stand oben. Vielleicht waren es Abschriften von Briefen? Oder hatte er auf diese Weise eine Art Tagebuch geführt?

Die Bögen waren datiert, den letzten musste er kurz vor seinem Tod geschrieben haben.

Der Kommissar las:

Liebe Renate !

Gestern nahm ich Heines „Buch der Lieder" in die Hand. Es sind kurze, sehr intensive Gedichte, Schubert und Schumann haben ja einige davon vertont. Das erste
Gedicht, das mir ins Auge fiel, geht so:

„Aus meinen Tränen sprießen

Viel bunte Blumen empor

Und meine Seufzer werden

Ein Nachtigallenchor.

Und wenn du mich lieb hast, Kindchen,

schenk ich dir die Blumen all,

und vor deinem Fenster soll klingen

das Lied der Nachtigal. "

Beim Lesen kamen mir so verschiedene Gedanken. Ich
hatte auch gleich die Vertonung von Schumann im Kopf. Dann aber
dachte ich: Ich werde für Dich weiße Lilien kaufen, aber ohne Tränen
und Seufzer.

In einem anderen Brief war zu lesen:

Gestern spielte ich die Waldszenen von Schumann. Der „Eintritt" ist mir besonders lieb. Und was für ein wunderbares Stück ist „Vogel als Prophet"! Mit dieser Musik im Ohr geht man anders durch die Welt....

Der Kommissar legte die Briefe zurück und schloss die Schublade. Hatte er ein Recht, sie zu lesen? Er verließ die Wohnung.

Wie aus einer anderen Welt fühlte er sich, als er wieder auf die Straße trat. Und etwas aus dieser Welt blieb bei ihm.

Die Hauswartfrau hatte wohl auf ihn gewartet.

Hatte der Verstorbene einen Beruf?

Solange ich hier bin, und das sind bald zehn Jahre, hat er hier gewohnt und seine Spaziergänge gemacht.

In erlesenen Anzügen?

In erlesenen Anzügen. Mittags ging er zum Steubenplatz. Dort ist ein kleines Restaurant. Vormittags kaufte er oft Zeitungen, in dem Laden dahinten.

Wohin führten ihn seine Spaziergänge?

Ich denke, kreuz und quer durch das Viertel. Ich habe ihn einmal auf der Marathonallee getroffen. Er hat gelächelt, seinen Strohhut abgenommen und eine Verbeugung angedeutet. Wo ich ihn auch mal gesehen habe: Auf der Olympischen Straße. Er ging in Richtung auf das Stadion. Vielleicht flanierte er gern auf dem Friedhof? Sie kennen doch bestimmt den Friedhof an der Heerstraße.

Auf dem Friedhof! Das könnte ich mir vorstellen.

Wenn die Olympische Straße die U-Bahn überquert hat, liegt links der Friedhof an der Heerstraße. Nach ein paar Metern erreicht man einen kleinen Nebeneingang. Die Wege sind kreisförmig, in Terrassen, um den Sausuhlensee geführt. Er ist das Zentrum des Friedhofs, wenn man so will, die Bühne, und die Gräber sind angeordnet wie bei einem Amphitheater. Jetzt, im Juni, war ein Froschkonzert zu hören. Zur Straße hin ist der Friedhof von Eibenbüschen abgeschirmt. Hier herrscht Stille, die reserviert ist für Amseln und Frösche. Der Kommissar las die Inschriften auf den Grabsteinen: Leo Blech, Kapellmeister. Ein Stück weiter war der Ruheplatz von Tilla Durieux, die aus ihrer Wohnung in der Bleibtreustraße hierher gekommen war. Auch ihre Kollegen Victor de Kowa und Horst Buchholz waren da. Er stand vor dem Begräbnisplatz der Familie Cassirer. Auf einem anderen Stein las er:

Dr. Dr. Heinrich von Schnee. Wirklicher Geheimer Rat. Der letzte Gouverneur von Deutsch-Ostafrika.

Vielleicht hatte der Verstorbene einige der hier Versammelten gekannt, hatte zu ihrem Kreis gehört.

Langsam war der Kommissar wieder hinaufgegangen. Auf dem oberen Weg drückten die alten Eibenbüsche schwer auf die Gräber. Die Steine stemmten sich dagegen. Vor einem großen, roten Granitstein stand eine Friedhofsvase mit verwelkten weißen Lilien. In der Grabeinfassung hatte es mal eine Bepflanzung gegeben. Aber das war lange her. Er las:

Renate. * 15. 12. 1935 + 20. 7. 1948

Sonst stand nichts auf dem Stein.

Eine Verchener Geschichte

Teil I

Im Kerker

Mein Name ist Franziskus Hacke. Ich war der Pastor von Verchen. In wenig Tagen werde ich vor meinen Gott treten und ihm meine Sünden bekennen, in der Hoffnung auf seine Gnade. Ich bin zum Tode verurteilt, und bevor mir der Kopf abgeschlagen wird, hat man mir gestattet, meine Seele zu erleichtern und aufzuschreiben, was mir geschehen und was Unverzeihliches ich getan habe unter den Menschen, die mir anvertraut waren. Ich bin ein großer Sünder, habe Gottes Gebote übertreten in Gedanken, Worten und Werken und habe Leid und Tod über meine Mitmenschen gebracht. Ich sehe ein, dass ich hier auf Erden keine Gnade finden kann und dass ich die hiesige Strafe sehr wohl verdient habe. Möge der barmherzige Gott mir gnädig sein und keine ewige Strafe über mich verhängen. Ich bereue, ich bereue von ganzem Herzen!

Nun hoffe ich, dass man mir die Zeit lässt, meine Geschichte aufzuschreiben.

Ich bekam vor vier Jahren die Pfarrstelle in Verchen zugewiesen. Damit erfüllte sich ein Traum für mich, war ich doch bisher nur der Gehilfe eines Pfarrers gewesen. Der Herr hatte meinen Amtsbruder zu sich gerufen. Er hinterließ eine Witwe mit 9

Kindern. Ich musste einwilligen, die Witwe zu ehelichen und fortan für ihren und ihrer Kinder Lebensunterhalt Sorge zu tragen. Meine arme Frau war nun vorher mit einem Mann verheiratet, der 20 Jahr älter war als sie, und nun war ich als sein Nachfolger 15 Jahr jünger. Sie war 40 Jahre alt, ihr jüngster Sohn, Andreas, war sechs, die älteste Tochter Magdalena 17 Jahre. Sie war von angenehmem Wesen und großem Liebreiz. Dass sie noch im Elternhaus lebte, lag wohl daran, dass sie dort ihre segensreiche Wirkung entfaltete und überhaupt die Seele dieses Hauses war. Aus Not also waren die Pfarrerswitwe und ich die Ehe eingegangen. Die Not allerdings war damit nicht beseitigt. Mein Lohn und die paar Hufen Ackerland, die zur Pfarrstelle gehören, ernährten nun einmal keine 11 Personen. Wie oft mussten wir die Kinder hungrig zu Bett schicken! Ich schrieb eine Eingabe nach der anderen, bat dringlich um die Erhöhung meiner Bezüge. Mein Weib machte mir hierzu Vorhaltungen, ich würde nicht die richtigen Worte finden, und es fehle mir an Durchsetzungskraft. Sie schrieb die bittere Armut, in der wir leben mussten, meinem Unvermögen zu.

So kam zu Hunger und Elend nach und nach der stille Vorwurf meiner Familie, da ich nichts zu ändern vermochte. Schließlich sprachen wir kaum noch miteinander, und durch diese Sprachlosigkeit wuchs der Vorwurf ins Unermessliche. Einzig Magdalena blieb freundlich und zugewandt. Wie oft hat sie mir bei den verschiedensten Anlässen Hilfe geleistet, mich ermutigt und getröstet. Und nach und nach wuchs aus der Zuneigung, die wir füreinander empfanden, eine tiefe Liebe. Wie gern hätte ich Magdalena mein Weib genannt! Sie war wie ein Sonnenstrahl in der Finsternis, die mich umgab. Nach einem halben Jahr dann wussten wir, dass es eine Frucht unserer Liebe geben würde. Magdalena versuchte, ihren Zustand zu verheimlichen, indem sie weite Kleidung trug. Mein Weib schwieg auch dazu. Ich konnte nicht sagen, ob sie etwas bemerkte, bin aber überzeugt, dass eine Schwangerschaft einer Frau, die selbst 9 Kindern das

Leben geschenkt hat, nicht entgehen kann. Wäre Magdalena meine Frau gewesen, wie hätten wir uns gefreut auf ein Kind, das Gott uns schenken wollte! So aber erfasste uns die nackte Angst, wenn wir an die Geburt dachten. Was nur sollten wir tun! Ich würde ja meines Amtes enthoben werden, wegen Ehebruchs mit einer mir anvertrauten Stieftochter angeklagt. Sicher würde ich eingesperrt werden. Magdalena würde in bitterster Armut mit dem Kind allein zurückbleiben, verachtet und verstoßen von den erbarmungslosen Menschen. Ich bat Gott um Hilfe, er möge uns doch einen Weg zeigen aus dieser Ausweglosigkeit.

Für die Niederkunft hatte ich ein Lager in einem Stall vorbereitet. Natürlich musste ich an die Geburt unseres Herrn zu Bethlehem denken. Gott vergebe mir diese Gedanken! Die Geburt aber verlief glücklich. Ein kleiner Knabe kam auf die Welt. Wie gern hätten Magdalena und ich erlebt, wie er aufwuchs! Wir sprachen kein Wort. Ich wickelte ihn in ein Tuch und ging mit ihm zum Kummerower See. Tief ins Schilf trug ich ihn. Mit dem Wasser des Sees taufte ich ihn auf den Namen Johannes. Der Herr spricht: Ich habe dich bei deinem Namen gerufen. Du bist mein. Ich sprach dann ein Gebet, Gott möge ein Wunder geschehen lassen wie einst bei Mose. Dann ließ ich unser Kind im Schilf zurück. Und bei dem Gedanken daran fließen auch jetzt meine Tränen!

Früh am nächsten Morgen drängte es mich, nachzusehen. Der kleine Knabe lag noch so da, wie ich ihn verlassen hatte, aber er war tot. Ich nahm das kleine Bündel, trug es zum Pfarrhaus und grub ein Grab in den Lehmboden des Kellers. Dort bettete ich ihn hinein, versehen mit den Sterbesakramenten. Magdalena und mich überkam eine tiefe Traurigkeit. Aber auch sie mussten wir verbergen. Wenn ich es nicht mehr aushielt, eilte ich in die Kirche, um hinter dem Altar verborgen bitterlich zu weinen.

Damals betete ich oft den Psalm 44, der mich früher immer erschreckt hatte. Ich verstand ihn nun, er ist Ausdruck äußerster

Verzweiflung. Ich schreibe einige Verse nieder, jedes Wort ist mir geläufig:

Doch nun verstößt du uns

Und lässt uns zuschanden werden.

Du gibst uns dahin wie Schlachtschafe

Und zerstreust uns unter die Heiden.

Täglich ist meine Schmach mir vor Augen,

und mein Antlitz ist voller Scham.

Und weiter unten heißt es:

Denn unsere Seele ist gebeugt zum Staube,

unser Leib klebt am Boden.

Mache dich auf, hilf uns

Und erlöse uns um deiner Güte willen.

Das Schweigen, das zwischen meinem Weib und mir sich ausgebreitet hatte, reichte in die einfachsten Dinge des Lebens hinein und machte sie schwer. Ja, sie vermied es, mit mir in einem Raum zu sein. Einmal standen wir uns gegenüber, und mir schien es plötzlich, als habe Gott uns zusammengeführt, damit wir uns in unserem Elend helfen. Lass uns reden, sagte ich. Da traf mich ein zorniger, verzweifelter Blick aus ihren Augen. Was soll das ändern, stieß sie hervor und ging aus dem Zimmer.

Ich muss nicht betonen, dass meine geistliche Arbeit mir immer schwerer wurde. Früher waren mir Gedanken für meine Predigt regelrecht zugeflogen. Nun saß ich darüber in die Nächte hinein.

Und wie soll einer geistlichen Trost spenden, wenn er selber so trostlos ist, wie ich es war! Magdalena konnte nicht helfen. Auch über sie war eine große Traurigkeit gekommen. Ich musste oft an das Wort denken: Ich werde den Hirten schlagen und die Herde zerstreuen.

Bald bemerkte ich, dass meine Gottesdienste immer weniger besucht wurden. Bei einem meiner seltenen Gänge durch Verchen sprach mich dann ein Bauer an und fragte, ob denn mein Weib wohlauf sei. Als ich bejahte, zwinkerte er, als wolle er mir zeigen, dass er ein Geheimnis hütet und fuhr fort: Und das Fräulein Tochter? Wieder genesen? Ich erschrak. Erst jetzt bemerkte ich, dass im Dorf geredet wurde, dass die Leute schnell ins Haus gingen, wenn ich mich näherte, oder die Köpfe zusammensteckten. Kalte Angst ergriff mich. Ich war ein Fremdling geworden.

Dann aber geschah etwas, das mich die Nähe Gottes spüren ließ. Ein Knabe war kurz nach der Geburt gestorben. Sein kleiner Sarg stand vor dem Altar, und ich musste an unseren Johannes denken. Es wurde mir schwer, an mich zu halten, und als ich über das Wort predigte:" Lasset die Kindlein zu mir kommen und wehret ihnen nicht. Denn wahrlich ich sage euch: wer das Himmelreich nicht annimmt wie ein Kind, der wird nicht hineinkommen", da sprach ich mir selbst Trost zu. Und gerade dieser Trost erreichte auf wunderbare Weise die trauernden Eltern. Als der Sarg dann in die Erde gelassen wurde, fielen mir die Worte aus der Offenbarung ein: Und Gott wird abwischen alle Tränen von ihren Augen, und der Tod wird nicht mehr sein. Und jetzt, da ich den Tod erwarte, klingen diese Worte in mir nach.

Augenblicke, in denen Magdalena und ich unsere innige Verbundenheit spürten, waren selten geworden. Traurigkeit deckte uns wie ein schwarzes Tuch. Wir wussten ja nun, dass die Menschen im Dorf über uns redeten. Unbefangen begegnen konnten wir uns nicht mehr. Und der Gedanke an unseren Johannes war eine Last, die nie von unseren Schultern weichen wollte. Dieser Gedanke aber war es auch, der uns an einem Spätsommertag am See stehen ließ. Wir waren ganz allein. Gänse zogen über uns hin und kündeten von einem frühen Winter. Und ich legte meinen Arm um meine liebe Magdalena, und sie lehnte den Kopf an meine Schulter. So standen wir lange und schwiegen und genossen diesen seltenen Moment des Glücks.

Eines Tages nun hatte ich eine Amtshandlung in Schönfeld. Danach machte ich mich in Begleitung des Küsters auf den Heimweg. Der Küster hatte schon meinem seligen Amtsvorgänger gedient, ein Mann von festem Glauben, ja man könnte ihn einen Eiferer Gottes nennen. Für ihn war alles klar und einfach. Hier das Gute, da das Böse, hier Gott, da der Teufel, dem es zu widerstehen galt. Oft habe ich ihn um seinen Glauben beneidet, der mir nicht gegeben war.

Wir gingen eine Weile schweigend. Dann fragte er mich, ob ich wisse, was im Dorf so geredet werde. Ich antwortete, dass ich mich um Gerede nicht kümmern würde und empfahl ihm das Gleiche. Er aber wurde nun deutlicher: Es geht aber um Euch! Und ungefragt berichtete er, es sei von Ehebruch und Blutschande die Rede. Auch gebe es die Frage, ob Magdalena nicht schwanger gewesen sei, und was denn wohl mit dem Kindlein geschehen sei. Ich erwiderte, dass dies alles nur böse Verleumdungen seien. Er machte darauf eine Handbewegung, als wolle er meine Worte auswischen und erwiderte: Gott hat Euch diese arme Frau mit ihren Kindern anvertraut. Das solltet Ihr in Demut annehmen, anstatt sie zu betrügen und mit Kummer zu überhäufen. Aber Eure Jugend macht Euch anfechtbar. Da hat der Teufel leichtes Spiel. Ihr müsst lernen zu widerstehen!

Wir hatten nun den Galgenbach erreicht, die Hälfte des Weges lag hinter uns. Der Küster führte nun aus, der Teufel habe sich meiner in Gestalt von Magdalena bemächtigt, die eine Hexe sei. Ich verbot ihm, so über sie zu reden. Er aber fuhr fort, sie auf das Schlimmste zu beleidigen und zu verleumden. Ja, es sei Gottes Gebot, sie zu verstoßen, und man sollte sie der Gerichtsbarkeit übergeben. In seinem Eifer rief er: So spricht der Herr: Wenn dich deine rechte Hand verführt, so hau sie ab und wirf sie von dir. Es ist besser für dich, dass eines deiner Glieder verderbe und nicht der ganze Leib in die Hölle fahre.

So fuhr er fort, und ich muss hier gestehen, dass seine Worte auch meine Eitelkeit trafen. Ich war der Pastor! Hatte dieser alte Mann das Recht, mich wie einen Knaben zu maßregeln? Schließlich packte mich unbändiger Zorn. Schweig still! Schrie ich ihn an und versetzte ihm einen Fausthieb ins Gesicht. All meine Verbitterung legte ich in den Schlag. Der Küster drehte sich im Fallen und stürzte mit dem Gesicht in den Bach. Einen Moment lag er still, dann sah ich, wie er mit seiner rechten Hand Halt suchte, um sich aufzurichten. Allein die Hand rutschte auf den nassen Steinen, er fiel erneut mit dem Gesicht in den Bach. In mir lagen die Gefühle im Widerstreit. Ich hätte ihm helfen müssen, konnte es aber nicht. Er hatte meine Magdalena beschimpft und sogar eine Anzeige in Aussicht gestellt.

Nun lag er still, um ihn plätscherte der Galgenbach. Mit einem Ruck drehte ich mich um und setzte meinen Weg fort. So habe ich ihn, der doch nur um mein Seelenheil bemüht war, dem Tode ausgeliefert. Ich tat es aus Angst um Magdalena, mehr aber noch, weil ich mich an den Rest unseres gemeinsamen Lebens klammerte.

Aber ich wusste im Grunde meines Herzens, dass diese Tage nun gezählt waren. Noch selbigen Tags wurde die Leiche des Küsters gefunden. Am nächsten Tag klopfte der Amtsvorsteher an die Tür des Pfarrhauses. Er hatte drei Gehilfen dabei, starke Kerle, die mir aus den Gottesdiensten sehr wohl bekannt waren. Als sie mich sahen, nahmen sie ehrerbietig die Mützen ab, aber sie hätten sicher nicht gezögert, mich zu packen, wenn ich Widerstand geleistet hätte. Herr Pastor, begann der Amtsvorsteher nun, dem seine Verlegenheit anzusehen war, Ihr habt sicher schon gehört, dass Euer Küster tot im Galgenbach aufgefunden wurde. Nun, in dieser Sache muss ich Euch bitten, mit mir zu kommen. Mein Weib stand ein Stück weit hinter mir, und Magdalena lehnte mit versteinerter Miene in der Küchentür. Dann nehmt doch seine Hure auch gleich mit, sagte meine Frau. Wir haben nur Auftrag, den Herrn Pastor einzuvernehmen, erwiderte der Amtsvorsteher. Ich ging widerstandslos zum Wagen. Man brachte mich nach Wolgast. Eine Woche saß ich dort im Kerker, ohne dass irgendetwas geschah. Dann sollte ich der Gerichtsbarkeit vorgeführt werden. Der Richter erklärte mir, ich sei wegen Ehebruchs, Kindstötung sowie der Ermordung des Küsters angeklagt. Ob ich die Taten gestehen würde. Als ich mit der Antwort zögerte, führte er mich in einen Nebenraum. Dies ist der Ort für die hochnotpeinliche Befragung, sagte er und zeigte mir die Streckbank und die anderen Folterinstrumente. Mir wurde kalt ums Herz. Ich bat darum, eine Erklärung abgeben zu dürfen, was mir gestattet wurde. Wir haben mehrere Zeugen gehört, die Euch auf das Schwerste anklagen, sagte der Richter. Ich bekannte mich schuldig, verwies aber darauf, dass ich den kleinen Johannes nicht getötet, sondern nur im Schilf ausgesetzt hätte in der Hoffnung, Gott würde einen Retter senden. Und ich erklärte, dass Magdalena nach der Geburt so schwach gewesen sei, ja dass sie zeitweilig ohne Besinnung gewesen sei, ich diese Tat also ohne ihr Wissen und Zutun begangen hätte. Und ich erwähnte auch, dass es nicht in meiner Absicht gelegen hätte, den Küster zu töten. Ich hätte ihn geschlagen, weil er mich in großen Zorn versetzt hätte. Ein Mörder bin ich nicht, sagte ich, nur ein schwacher Mensch, der sich vom Zorn überwältigen ließ. Aber Ihr habt ihn hilflos liegen gelassen, sagte der Richter, wo Ihr doch der Einzige wart, der hätte helfen können. Ihr habt seinen Tod gewünscht, sonst hättet Ihr ihn doch aus dem Wasser gezogen. Und dass ein neugeborenes Kind ohne jede Fürsorge und den Naturgewalten ausgesetzt sterben muss, dass kann Euch nicht unbekannt gewesen sein. Vielmehr habt Ihr die Ächtung Eurer Person gefürchtet. Er nannte mich einen Mörder, auch wenn ich in beiden Fällen nicht selbst Hand angelegt hätte. Das Urteil lautete: Tod durch Enthauptung.

Man brachte mich zurück in meine Zelle. Die Angst um meine Magdalena trieb mich um, allein ich konnte nichts in Erfahrung bringen. Ich bete für ihr Leben, ich bete auch für ihre Seele. Möge sie den Frieden finden, den ich ihr nicht geben konnte! Herr, du sagst uns in der Offenbarung: Ich sah einen neuen Himmel und eine neue Erde. Wenn dieser Tag gekommen ist, so schaffe uns eine Erde, auf der wir nicht immer wieder an Scheidewegen stehen, um dann doch nur in die falsche Richtung zu laufen. Meine Kerze ist heruntergebrannt, ich kann nicht mehr schreiben. Es wird dunkel.

Franziskus Hacke sank nun in einen Erschöpfungsschlaf. Zusammengekrümmt lag er auf dem Strohlager. Von einem Geräusch wurde er geweckt. Er bemerkte, dass sich zwei Männer rechts und links der Tür aufgestellt hatten. Der Morgen dämmerte. Ein Geistlicher betrat den Raum: Mein Sohn, bist du bereit vor deinen Herrn zu treten und deine Sünden zu bekennen? Es ist also soweit, fragte Franziskus. Der Geistliche nickte. Und bereust du deine Sünden? Ich bereue von ganzem Herzen, antwortete Franziskus. Lass uns beten, sagte der Geistliche. Nach dem Vaterunser nickte er den beiden Männern zu, die nun Franziskus in ihre Mitte nahmen und seine Hände auf den Rücken banden. Wie mechanisch ging er mit ihnen hinaus. Die Sonne schickte gerade ihre ersten Strahlen über den Horizont.

Teil II

Die Reise

Für Gisela Viegils

Magdalena Hacke hatte den Hof vor dem Pfarrhaus gefegt. So fremd der Name „Hacke" ihr auch erschien, er war doch das Einzige, was ihr geblieben war von Franziskus Hacke, dem Pastor, der ihre Mutter geheiratet hatte und der ihr Stiefvater und ihr Geliebter gewesen war. Sie hatten ihn nach Wolgast gebracht und vor Gericht gestellt. Seit er fort war, hatte ihre Mutter ihr immer die schwersten Arbeiten auf dem Hof zugeteilt. Nun kam die Mutter aus dem Haus: Du musst noch das Holz hacken, befahl sie, und wenn du gerade das Beil in der Hand hast, kannst du gleich ein Huhn schlachten. Ach, deinem Franz haben sie nun endlich den Kopf abgeschlagen! Nun hat er seine verdiente Strafe, dieses Rabenaas!

Magdalena erstarrte. Tränen schossen in ihre Augen. Worauf wartest du, fragte kalt die Mutter. Nachdem sie das Holz gespalten hatte, stand Magdalena einen Moment mit geschlossenen Augen. Dann ging sie auf den Hühnerhof, um ein Tier auszuwählen für die Suppe, die immer wieder mit Wasser gestreckt wurde. Die letzten Reste vermischten sie dann mit gekochten Kartoffeln und stampften alles zu einem Brei. So reichte die Suppe mehrere Tage. Magdalena trug das Huhn zum Hauklotz und hielt es an den Beinen. Weit holte sie mit dem Beil aus. Als dann der Kopf des Tieres zu Boden fiel und das Blut aus der Wunde spritzte, ließ sie im Schreck los. Das Beil fiel zu

Boden, und Magdalena sah, wie das geköpfte Huhn sich zu ihren Füßen tot flatterte. Ihr wurde schwarz vor Augen. Als sie aus der Ohnmacht erwachte, lag sie neben dem Hühnerkopf. Der Kamm hatte sich bläulich verfärbt, die Augen hatten ihren Glanz verloren. Magdalena schlug die Hand vor den Mund und kroch ein Stück weit weg von dem Kopf. Abgeschlagen. Sie wankte ins Haus. Dort roch es nach der Hühnersuppe. Die Mutter hatte das Tier eingesammelt, ohne sich weiter um Magdalena zu kümmern.

Früh am nächsten Morgen, noch in der Dämmerung, holte sie Holz für den Küchenherd. Als sie mit den Holzscheiten zurück zum Haus kam, bemerkte sie, dass da jemand mit Kreide etwas an die Haustür geschrieben hatte: „Hexe" stand dort. Sie wischte das Wort mit der Schürze aus, aber am nächsten Morgen las sie es wieder: Hexe. Und dann kam ihr kleiner Bruder aus der Schule und fragte sie: Was ist eine Hexe? Es gibt keine Hexen, sagte sie schnell. Unser Lehrer hat gesagt, man muss die Hexen verbrennen, damit sie kein Unheil anrichten können! Sie bringen Krankheiten ins Dorf und verhexen das Vieh, beharrte er, also, wie sieht eine Hexe aus? Die Mutter hatte die Frage gehört: Schau dir deine Schwester an, dann weißt du, wie eine Hexe aussieht!

Von nun an machten die Geschwister einen Bogen um Magdalena. Niemand wollte sich zum Essen neben sie setzen, niemand ihr beim Arbeiten helfen. So nahm sie ihre Mahlzeiten schweigend auf einem Schemel neben dem Herd. Danach sammelte sie die Gefäße, holte Wasser vom Brunnen und reinigte alles. Immer mehr Arbeiten wurden nur noch von ihr erledigt, und ihre jüngeren Geschwister gewöhnten sich daran, ihr Befehle zu erteilen, die sie schweigend befolgte.

Einmal machte sie einen Botengang für die Mutter. Der Bauer öffnete, und nachdem Magdalena ihren Auftrag erledigt hatte, sagte er: Ich habe gehört, der Pastor ist nun gerichtet worden.

Er hätte das aber auch nicht machen dürfen, ich meine, das mit dem Küster! Magdalena schossen die Tränen in die Augen. Ist sicher nicht leicht für dich, wo du noch so jung bist, fuhr der Bauer fort, aber – und dabei zwinkerte er – du findest schon einen, der dich tröstet! Magdalena drehte sich um und rannte fort.

Einige Wochen später fand ein Bauer seine Kuh tot im Stall. Die Kuh war trächtig gewesen. Für die Dorfbewohner gab es nur eine Erklärung. Einige kippten eine Fuhre Mist vor die Tür des Pfarrhauses, dann warfen sie Steine dagegen. Die Hexe war es. Sie würde noch weiteres Unglück bringen. Magdalenas Mutter sagte: Hätten sie dich bloß mitgenommen, als sie den Franz abholten. Dann hätten wir unsere Ruhe!

Magdalena sah, dass es Zeit wurde zu gehen. Was sie verließ, war nur Elend. Niemand würde ihr eine Träne nachweinen. Und sie wollte nicht warten, bis ihr der Kopf geschoren wurde und man sie auf den Scheiterhaufen band. Jeder Schritt vor das Haus machte ihr Angst.

Um Mitternacht stand sie leise auf, steckte ein Stück Brot ein und ging zum See hinunter. In Ufernähe gab es einen Weg. Er führte bis zu der Stelle, wo die Peene den Kummerower See verlässt. Dort lagen immer Fischerboote. Die Peene war auch die Grenze zwischen Vorpommern und Mecklenburg-Schwerin. Warum nur war sie mit Franziskus nicht diesen Weg gegangen? Sie band eines der Boote los und stakte zum anderen Ufer. Eine weitläufige Sumpflandschaft empfing sie dort. Aber es gab einen Knüppeldamm für die Fischer. Er führte zum Gut Kützerhof. Magdalena ging zwischen Schilf und Rohrkolben. Im flachen Wasser standen abgestorbene Bäume. Schemenhaft konnte sie die Kormorane erkennen, die auf den Morgen warteten, im Wasser darunter Entengruppen. Noch war es dunkel, aber man konnte den Tag schon ahnen. Außer einzelnen Vogelstimmen war es ganz still. Magdalena stand einen Moment und lauschte.

War sie nun in Sicherheit?

In der Morgendämmerung erreichte sie das Dorf. Hunde bellten, einzelne Menschen waren schon auf den Beinen, um die Tiere zu versorgen. Sie wagte nicht, ins Dorf zu gehen, nahm den Pfad nach rechts in den Wald. Unter den alten Buchen spürte sie plötzlich eine große Müdigkeit. Sie hatte ja in der Nacht nicht geschlafen. Abseits vom Weg legte sie sich unter einen Baum und schlief sofort ein.

Sie ahnte nichts von Ereignissen, die sich weit weg von Vorpommern und Mecklenburg abspielten. Seit der Reformation hatte es immer wieder Auseinandersetzungen, auch bewaffnete Konflikte gegeben zwischen Protestanten und Katholiken. Schließlich hatte der Kaiser den protestantischen Fürsten in Böhmen die Religionsfreiheit zugesprochen, die ihnen aber anschließend Stück für Stück wieder genommen wurde. Schließlich marschierten die protestantischen Adligen zur Prager Burg und stürzten drei kaiserliche Katholiken aus dem Fenster. Da sie überlebten und das natürlich einer göttlichen Fügung zuschrieben, fühlten sich die Katholiken umso mehr berechtigt, mit Gewalt gegen die Protestanten vorzugehen. Dies geschah in dem Jahr, wo in Wolgast der arme Franziskus Hacke enthauptet wurde. Der Konflikt sollte nicht auf Süddeutschland beschränkt bleiben. Er würde später als der dreißigjährige Krieg in die Geschichte eingehen.

In Mecklenburg war davon jetzt, im Sommer 1618, noch nichts zu spüren, und Nachrichten verbreiteten sich nicht schneller, als ein Pferd laufen kann. Magdalena hatte ohnehin andere Sorgen. Ihr kleines Brot war schnell gegessen. Wenn sie aber ihren Hunger stillen wollte, musste sie unter die Menschen gehen. Sie erreichte den Waldrand. Vor ihr lag die alte Stadt Dargun, mit dem Schloss, das früher mal ein Kloster gewesen war. Sie umrundete die Stadt, aus Angst, jemand könnte sie erkennen. Noch war sie nicht weit weg von Verchen. Oberhalb des

Klostersees erreichte sie den Weg nach Dörgelin. Ihre Füße schmerzten, und der Hunger war schwer zu ertragen. Der Schlaf im Wald hatte keine Erholung gebracht. Magdalena setzte sich auf einen Stein und schloss die Augen. Wie sollte es nun weitergehen? Würde sie einfach laufen, bis es vor Hunger und Schwäche nicht mehr ging, um dann irgendwo liegen zu bleiben? Nicht mehr aufzuwachen.

„Du musst ja ins Körbchen!" Wer hatte da gesprochen? Vor ihr stand eine kleine, weißhaarige Frau, die einen Handwagen zog. Die Frau lächelte: „Du siehst so aus, als ob du einen Platz zum Ausruhen brauchst und vorher vielleicht etwas zu essen! Wenn du willst, kannst du ja mitkommen. Es ist nicht mehr weit bis zum Dorf." Wortlos stand Magdalena auf, und trotz ihrer Müdigkeit half sie der alten Frau beim Ziehen des Handwagens, auf dem ihre Einkäufe lagen: Salz, ein großer Mehlsack, ein Fass mit Essig, ein Sack Zucker. Sie hielten vor einem kleinen Haus am Dorfrand. „Hier wohne ich", sagte die alte Frau und begann, ihre Sachen ins Haus zu tragen. „Ich heiße übrigens Gisela." Als Magdalena sich nach dem Essen auf der Ofenbank ausstreckte, merkte sie noch im Einschlafen, dass die Frau eine Decke über sie breitete.

Wie lange hatte sie geschlafen? „O, du bist gestern kurz vor Sonnenuntergang eingeschlafen, und jetzt steht die Sonne schon wieder im Westen!"

In der nächsten Zeit half sie der alten Frau im Haus und auf dem Hof. Die Kartoffeln mussten geerntet werden. Nach zwei Tagen hatten sie es geschafft. Nun saßen sie am Küchentisch, probierten die Früchte ihrer Arbeit. „Kannst du dir etwas Köstlicheres vorstellen?", fragte Gisela, „ ich glaube, sowas hat nicht mal der Kaiser in Wien." Sie schaute Magdalena an. „Du hast ja gelächelt", rief sie.

Es ging weiter mit der Ernte: Die Pflaumen waren so weit, sie wurden in gewürztem Essig haltbar gemacht. Dann stellten sie

Sauerkraut her, schließlich standen die Äpfel körbeweise in der Küche. Magdalena war mit einem Korb auf die Leiter gestiegen, hatte ihn gefüllt zu Gisela gereicht. Den ganzen Tag hatten sie so gearbeitet, und am Abend schmerzten die Arme, und sie waren glücklich. „In diesem Winter müssen wir nicht hungern", sagte Gisela. Immer wieder fuhren sie mit dem kleinen Handwagen in den Wald zum Holzsammeln.

Während Gisela Pilze zum Trocknen auf eine Schnur zog, erzählte sie:" Man sagt, im Süden ist Krieg. Da schlagen sich mal wieder die Protestanten und die Katholiken die Köpfe ein. Hoffentlich kommt das nicht bis zu uns. Im Westfälischen ziehen sie wohl auch schon Soldaten ."

An einem der nächsten Tage klopfte es. Der Pastor von Altkalen stand vor der Tür. „Ja, wie kommen wir denn zu dieser Ehre", fragte Gisela. „Ich hatte im Dorf zu tun, und weil ich Euch schon lange nicht mehr im Gottesdienst gesehen habe, wollte ich mich mal nach Eurem Befinden erkundigen. Wie ich höre, seid Ihr nicht mehr allein, habt Hilfe bekommen." Er war in die Küche getreten, wo Magdalena am Tisch saß. Sie senkte schnell den Kopf, als sie ihn sah. „Und so eine junge, kräftige Frau", fuhr der Pastor fort, „aber kennen wir uns nicht?" Magdalena saß mit gesenktem Blick und antwortete nicht. Da stellte sich Gisela hinter sie und legte ihr die Hände auf die Schultern: „Wohl kaum, Herr Pastor, das ist meine Nichte, sie kommt aus dem Lauenburgischen." „Wie man sich täuschen kann", fuhr der Pastor fort, „aber ich halte Euch sicher von der Arbeit ab!" „Mögt Ihr ein paar Äpfel mitnehmen?", fragte nun Gisela und holte einen kleinen Sack, den sie großzügig füllte. Sie geleitete den Pastor zur Tür. „Friede sei mit Euch", sagte er zum Abschied. „Gehen Sie mit Gott", antwortete Gisela und schloss die Tür: „Er hätte ja auch mal ´Danke´ sagen können!"

„Er hat mich erkannt!" Magdalena liefen die Tränen, „nun geht alles wieder los!" Gisela setzte sich zu ihr, wischte ihr mit der

Schürze ein paar Tränen ab: „Gibt es etwas, das ich wissen sollte?" „Hast du von dem Verchener Pastor gehört?" „Den sie hingerichtet haben, weil er seinen Küster erschlagen hat?" „Er hat niemanden erschlagen, und er wollte mich nur beschützen!" Magdalena erzählte nun ihre Geschichte, die wir ja kennen. Und Gisela hörte zu, umarmte, wischte Tränen ab. Dann sagte sie: „Weißt du, es ist gut, dass du das alles mal erzählt hast." „Ich habe es noch nie erzählt!" „Eben! Aber was hat das mit unserem Pastor zu tun?" „Vor ein paar Jahren kam er mal zu Besuch nach Verchen, ich weiß nicht, warum er seinen Amtsbruder sehen wollte. Er saß mit Franziskus am Tisch, ich habe sie bedient."

Seit dem Besuch des Pastors hatte sich irgendetwas verändert. Magdalena merkte es zuerst, sie kannte das aus Verchen. Leute, die schnell ins Haus gingen, wenn sie sich näherte, oder die ihre Gespräche unterbrachen. „Unsinn", sagte dazu Gisela. Dann aber fragte der Bürgermeister nach, wen sie denn da bei sich wohnen lasse, und schließlich sprach die Nachbarin sie über den Zaun an: „Man sagt, die junge Frau, die da bei dir wohnt, soll eine Hexe sein!" „Na sicher", antwortete Gisela, „hast du uns nicht gesehen, wie wir nachts auf dem Besen durch die Luft gefahren sind? Lasst mich doch mit solchem Unsinn in Ruhe!"

Magdalena wollte weg. „Lass bloß mal eine Kuh sterben oder ein Kind krank werden! Dann zünden sie uns das Haus über dem Kopf an." Hatte der Pastor mehr gewusst, als er zeigte? Hatte sich die Geschichte von der Hexe aus Verchen, die dort plötzlich verschwunden war, verbreitet? Eines Tages stand dann der Bürgermeister vor der Tür. „Wir haben nichts gegen dich", sagte er zu Gisela, „aber ich will hier keinen Unfrieden haben. Du weißt, wie die Leute reden. Neulich fragte einer, ob du vielleicht auch eine Hexe bist." „Zu viel der Ehre," antwortete Gisela. „Nein, ich meine es ernst," fuhr er fort, „du musst diese Frau wegschicken!" „Sie wegschicken! Wohin soll ich sie denn schicken! Bin ich hier unter Christenmenschen?" Der Bürgermeister machte sich gerade. „Ich habe dir gesagt, was gesagt werden musste, und alles Weitere hast du dir selbst zuzuschreiben!"

Als Gisela ins Haus kam, hatte sich Magdalena einen Mantel angezogen. „Was hast du denn vor", fragte Gisela. „Ich bin dir unendlich dankbar", sagte Magdalena, „und ich könnte es nicht ertragen, wenn dir um meinetwillen etwas Böses geschieht! Und darum gehe ich jetzt!" „Ach was, mich haben sie doch auch schon zur Hexe befördert. Meinst du, die lassen mich in Frieden? Und meinst du, ich wollte unter solchen Menschen leben?"

Die beiden Frauen beluden nun den Handwagen. Holz würden sie unterwegs genug finden. Sie nahmen Äpfel mit, Kartoffeln, das meiste mussten sie zurücklassen. Vielleicht konnten sie sich Fische fangen, oder die Äpfel gegen ein Stück Speck eintauschen. „Nun auf in Gottes schöne Welt," sagte Gisela. „Die Haustür können wir ruhig offen lassen."

An einem milden Maitag ging eine alte Frau die Dorfstraße entlang. Sie ging müde und zog einen kleinen Handwagen hinter sich her. Um ihr weißes Haar hatte sie ein Tuch gebunden, ihre Kleider waren so grau wie die Straße. Der Winter 1648-49 war hart gewesen. Sie hatte gefroren, gehungert, gebettelt und, wenn es sein musste, auch gestohlen. Sie hatte viel gesehen: verbrannte Dörfer, Schlachtfelder mit sterbenden Menschen, Bäume, an denen die Aufgehängten wie Früchte baumelten. Sie hatte einen Bauern sterben sehen, dem die Soldaten den schwedischen Trunk gegeben hatten, musste an die Frau denken, die nach vielen Vergewaltigungen verblutet war. Und dann hatte sie ihre Freundin bestattet, am Waldrand über dem Wesertal war es gewesen, im Oktober 1640, als sie vor Höxter lagen. Der Fluss wand sich durch Wiesen, an Dörfern vorbei. Auf der anderen Seite dann das Weserbergland, wo die Bäume langsam die Farbe des Herbstes annahmen. Es sah so schön und friedlich aus. Sie hatte dann gebetet:

> Herr, lehre doch mich, dass ein Ende mit mir haben muss,
> und mein Leben ein Ziel hat, und ich davon muss.
> Siehe, meine Tage sind eine Handbreit vor dir,
> und mein Leben ist wie nichts vor dir.
> Mein kleines Leben, ergänzte sie mit den Worten ihrer Freundin.

Sie aber war durch die Gefahren, durch das Grauen gegangen wie ein Engel, als wäre sie unverletzbar. Warum?

Nun, im Mai, standen die verwilderten Apfelbäume in voller Blüte. Aber das Dorf war menschenleer. Einige Häuser waren niedergebrannt, aber auch den anderen war Gewalt angetan worden. Sie blieb vor einem kleinen Haus am Dorfrand stehen. Der Wind hatte die Eingangstür zerschlagen. Ihr ging ein Lied durch den Kopf, wollte nicht verschwinden:

Maikäfer, flieg,

dein Vater ist im Krieg,

deine Mutter ist in Pommernland,

Pommernland ist abgebrannt,

Maikäfer, flieg.

Sie betrat das kleine Haus. Es war völlig leer, keine Möbel oder Geräte. In einem Raum hatte jemand Stroh aufgeschüttet, um darauf zu schlafen? Um es anzuzünden? Die große Feuerstelle in der Küche war noch da. Magdalena setzte sich auf die Ofenbank. „Wir sind wieder zuhause, Gisela," sagte sie und streckte sich auf der Bank aus.

Nachkriegsgeschichte

Das Jahr 1952, Nachkriegszeit in einer kleinen Stadt. Nennen wir sie Neustadt. Es gibt viele Neustadts, etwa an der Weinstraße, am Rübenberge, in Holstein oder an der Donau.

Der Gerichtsvollzieher Friedrich M. war tot. Er lag etwas verkrümmt in der Wohnzimmertür seiner Etagenwohnung, die Hände zu Fäusten geballt, sein Gesicht spiegelte Anstrengung wider. Es wirkte, als habe er zunächst das Gleichgewicht verloren, dann aber versucht aufzustehen. Neben ihm eine Tischdecke, die zuvor auf der Anrichte gelegen hatte, und die Scherben einer Vase. Beides hatte er bei dem Versuch, Halt zu finden, heruntergerissen.

Seine Frau Therese hatte ihre schwere Einkaufstasche in den 2. Stock geschleppt. Der Mangel, der in den Jahren unmittelbar nach dem Krieg geherrscht hatte, war kaum noch spürbar. Wer Geld hatte, konnte sich versorgen. Gerichtsvollzieher Fritz hatte sogar vor zwei Monaten einen Volkswagen, Modell Export, gekauft. Als seine Frau nun die Wohnung betrat, sah sie zuerst seine Füße, die aus der Wohnzimmertür ragten. Einen Moment stand sie mit unbewegtem Gesicht neben dem Toten. Dann ging sie in sein Arbeitszimmer, wo das Diensttelefon stand: Ich habe soeben festgestellt, dass mein Mann tot ist, sagte sie der Polizei. Während sie nun an seinem Schreibtisch saß und wartete, wunderte sie sich über die Leere, die sie erfüllte. Sie empfand gar nichts, keine Trauer, keine Erleichterung, nicht einmal Schreck oder Ekel. Er war tot. Das war alles.

67

Sie musste ihre Söhne benachrichtigen. Paul, der älteste, war seit einem Jahr verheiratet und hatte sich mit seiner Frau ein kleines Haus in einem Dorf in der Nachbarschaft gebaut. Dort gab es kein Telefon. Aber wahrscheinlich saß er im Moment auch eher im Amtsgericht. Sein Vater hatte ihm eine Stelle als Gerichtsschreiber vermittelt. Ihren zweiten Sohn Hans konnte sie vielleicht in der Schule erreichen, wo er als Hausmeister arbeitete. Karl war der jüngste, er lernte Kraftfahrzeugschlosser, war schon vor sieben Uhr aus dem Haus gegangen. Bevor sie aber jemanden anrufen konnte, klingelte die Polizei. Der junge Kommissar war erst seit einem halben Jahr im Amt. Es war sein erster Fall mit einem Toten. Während er und seine Kollegen ihre Arbeit machten, rief Therese im Amtsgericht an und ließ ihrem Sohn ausrichten, er möge so bald als möglich zu ihr kommen.

Der Tote wurde nun zur Obduktion in die Gerichtsmedizin gebracht. Von ihm blieb auf dem Fußboden eine Kreidezeichnung seiner Umrisse. Der Kommissar bat nun die Ehefrau, ihr ein paar Fragen stellen zu dürfen. Natürlich, sagte Therese. Nein, er hatte keine Klienten erwartet an diesem Vormittag. Aber er hatte betont, dass er noch zum Amtsgericht müsse. Sie solle sich beeilen mit ihrem Einkauf. Sie hatte das Haus gegen 9.00 Uhr verlassen, war zwei Stunden später zurückgekommen: Ich hatte erwartet, dass er schimpfen würde, weil ich so lange fort war, aber das konnte er ja nun nicht mehr.

War ihr irgendetwas an ihm aufgefallen, eine Schwäche, Appetitlosigkeit, litt er an einer Krankheit? Ich denke zum Beispiel an die Zuckerkrankheit, erklärte der Kommissar. Nicht dass ich wüsste, war die Antwort. Er hatte allerdings seit einem halben Jahr Probleme mit der Treppe. Dann stand er auf dem Treppenabsatz und atmete schwer. Er war wohl deswegen sogar beim Arzt, nahm seitdem ein Medikament: Aber ich kann Ihnen nichts Genaueres sagen. Über sowas hat mein Mann nicht gesprochen.

Paul klingelte an der Wohnungstür. Warum hatte er keinen Schlüssel? „Das wollte mein Mann nicht," erklärte Therese. Paul umarmte die Mutter schweigend, dann gab er dem Kommissar die Hand und schaute lange auf die Umrisszeichnung bei der Wohnzimmertür. Wann hatte er seinen Vater zuletzt gesehen? Vor drei Tagen auf dem Amtsgericht, aber nur ganz flüchtig. Mit dem Hinweis, dass er sicher noch viele Fragen haben würde, verabschiedete sich der Kommissar.

Später ließ er sich die Personalakte von Friedrich M. vorlegen: Friedrich Wilhelm M., geb. 1897 in Posen, aufgewachsen in einem Militärwaisenhaus in Bromberg, hatte sich vom Gerichtsdiener hochgearbeitet. Er wurde als fleißig, folgsam und zuverlässig beschrieben. 1922 hatte er die Näherin Therese G. geheiratet. Schon 1928 hatte er sich der Bewegung der Nationalsozialisten angeschlossen, da war Paul vier Jahre alt. Wahrscheinlich hatte ihn seine Kindheit im Militärwaisenhaus empfänglich gemacht für die Ideologie der Nazis: eine feste Struktur, klare Feindbilder, jeder hatte in der Hierarchie seinen Platz, es gab Bestätigung und Aufstiegsmöglichkeiten für den der sich eingliederte. Und Anpassung hatte Friedrich in seiner Kindheit lernen müssen. Nach der „Machtergreifung" Hitlers gab es dann für einen wie ihn kein Halten mehr! Er bekam als Gerichtsvollzieher einen großen, sehr lohnenden Bezirk zugewiesen, nach fünf Jahren schon die Beförderung zum Obergerichtsvollzieher, sogar eine Sekretärin gab es für den Parteigenossen M.! Er hatte sich bewährt, als die Familie Weiß, der ein großes Kaufhaus gehörte, 1935 nach Palästina auswanderte. Als Gerichtsvollzieher musste er eine genaue Aufstellung der zurückgelassenen Besitztümer vornehmen. Das tat er auch, als später jüdische Mitbürger deportiert wurden.

Der Kommissar bat nun um einen Gesprächstermin mit der ganzen Familie. Da saßen sie dann und schauten ihm entgegen: Therese mit unbewegtem Gesicht. Paul saß dicht bei seiner Mutter, Hans neben ihm, Karl etwas abseits. Alle drei trugen die Haare ohne Scheitel zurückgekämmt, wie der Vater. Besonders Paul war ein getreues Abbild seines Vaters: die Frisur, die spitze Nase, sogar die gleiche Brille. Bei Menschen, die den Toten gekannt hatten, musste das Erinnerungen und Erwartungen auslösen. Ganz der Vater? Wer sah ihn an, wenn er morgens in den Spiegel schaute?

Der Kommissar berichtete von seiner Lektüre. Als er auf das Kaufhaus Weiß kam, fuhr es aus Paul heraus: Soll ich Ihnen mal erzählen, wie das gelaufen ist? Vater hatte den Schlüssel zu dem Kaufhaus und ist zuerst allein reingegangen. Dann kam er mit dem Auto zurück. Ich sollte ihm helfen. Mehrere Kisten mit Wein, eine mit französischem Cognac, ein Silberbesteck für 12 Personen, und dann waren da auch noch dunkle Anzüge im Auto. Er sagte: Da siehst du mal, wie gut es diesen Juden gegangen ist. Aber das ist nun vorbei!

Hans war unruhig geworden und unterbrach ihn: Warum erzählst du das? Weil es die Wahrheit ist, erwiderte Paul, du kannst das nicht wissen, du warst noch zu klein.

Der Kommissar fragte nun Therese: Hat er denn nichts für Sie und die Kinder mitgebracht, wenn er schon so zugelangt hat?

Paul senkte den Kopf. Therese sagte: Warum sollte er? Ich habe gekocht und geputzt und ihm den Rücken freigehalten. Parfum oder Pralinen hat höchstens seine Sekretärin gekriegt. Die hieß übrigens Eva, wie die Braun!

Paul war aufgestanden und hatte den Arm um seine Mutter gelegt. Ja, so war das, sagte er leise. Hans hatte sich abgewendet. Aber wie konnte einer wie Friedrich M. nach dem verlorenen Krieg so einfach weitermachen, fragte sich der Kommissar. Hat er ja nicht, erklärte der Amtsgerichtspräsident, er wurde ja zurückgestuft zum einfachen Gerichtsvollzieher! Andererseits war er doch Beamter auf Lebenszeit. Auf Lebenszeit! Sie sind ja noch jung, aber haben Sie sich mal Gedanken gemacht, wo wir die ganzen Leute hernehmen sollten! Die Polizisten, Richter, Staatsanwälte, Lehrer, Postbeamten, Lokomotivführer! Unser Gemeinwesen wäre doch zusammengebrochen, wenn wir jeden ablehnen oder gar einsperren würden, der mal „Heil Hitler" gerufen hat. Oder kann man es einem Briefträger zur Last legen, wenn er einen Brief zugestellt hat, in dem einem jüdischen

Mitbürger der Zeitpunkt der Deportation mitgeteilt wurde? Nein! Gerichtsvollzieher M. hat nur seine Arbeit gemacht. Das kann man ihm nicht vorwerfen. Sein Problem war seine NSDAP-Mitgliedschaft. Und da war er nicht der Einzige!

Inzwischen gab es erste Ergebnisse von der Obduktion. Äußere Verletzungen wurden nicht gefunden, wenn man davon absah, dass Friedrich M. sich beim Fallen einen Bluterguss am Kopf zugezogen hatte. Sein Ernährungszustand war normal. Er hatte eine Raucherlunge, auch seine Herzkranzgefäße zeigten leichte sklerotische Tendenzen. Er war aber nicht an einem Herzinfarkt gestorben. Auch ein Schlaganfall konnte ausgeschlossen werden. Aber er hatte eine kompensierte Linksherz-Insuffizienz, erklärte der Gerichtsmediziner. Er genoss sichtlich den ratlosen Blick des Kommissars und ergänzte lächelnd: Die linke Herzklappe schloss nicht mehr richtig. Dadurch gelangte zu wenig sauerstoffreiches Blut in den Körper. Er dürfte nicht sehr belastbar gewesen sein.

Das Kaufhaus Weiß war eine Institution in Neustadt. Es bediente den etwas gehobenen Bedarf, und das in der dritten Generation. Robert Weiß und seine Frau Lea waren die Eigentümer seit 1926. Man ging zu Weiß, wenn es etwas Besonderes sein sollte: der schwarze Anzug zu einer Beisetzungsfeier, der Schmuck zur Silberhochzeit, der Wein für eine Einladung beim Bürgermeister. Das Kaufhaus führte auch französisches Parfum, Schreibwaren, gutes Spielzeug und erlesene Süßwaren. Herr Weiß ließ es sich nicht nehmen, persönlich zu beraten, wenn seine Kunden es wünschten. Seine Spezialität waren Zigarren. Und obwohl es ein großes Haus mit vielen Abteilungen war, blieb das Kaufhaus Weiß ein Familienbetrieb.

1932 gab es dann mal eine eingeworfene Schaufensterscheibe. Bei einem Gang durch die Stadt stellte Robert Weiß fest, dass viele seiner Kunden, auch der Gerichtsvollzieher M., ihn plötzlich nicht mehr grüßten. 1933 stand dann ein junger Mann in brauner Uniform vor dem Kaufhaus. Er hielt ein Plakat: Deutsche, kauft nicht bei Juden!

Nachdem Familie Weiß die Formalitäten für die Ausreise erledigt und die erheblichen Gebühren entrichtet hatte, die in so einem Fall erhoben wurden, fuhren sie nach Bremerhaven und von dort mit dem Schiff nach Palästina. Später gelang es ihnen, ein Visum in die Vereinigten Staaten zu bekommen.

Nach der Abreise der Familie Weiß hatte dann Gerichtsvollzieher M. das Kaufhaus besucht. Seine Aufstellung des Inventars leitete die „Arisierung" des Hauses ein. Ein verdienter Parteigenosse übernahm die Leitung. Bis heute heißt es „Kaufhaus Weber."

Der Kommissar merkte, dass ihn nicht mehr nur die Todesursache des Gerichtsvollziehers Friedrich M. interessierte. Ihr musste er von Amts wegen nachgehen. Es waren die Lebensumstände dieser Menschen, ihre Geschichte, die zurückreichte in die wilhelminische Zeit, in ein Militärwaisenhaus, in eine Epoche, die von Herrschen und Gehorchen geprägt war, bis in die Familie hinein. Menschen wie M. waren eine Voraussetzung, auf die die Nationalsozialisten dann bauen konnten.

Befragung des Sohnes Paul:

Wie würden Sie Ihren Vater charakterisieren?
Wenn Sie die Bezeichnung entschuldigen wollen: er war ein Radfahrer.
Sie meinen: nach oben buckeln, nach unten treten!
Genau! Wir, seine Familie, waren übrigens unten.
Wie stand er zu Ihnen?
Ich muss eine Geschichte erzählen: Mein Bruder Karl – er mochte etwa 7 Jahre gewesen sein - fand mal unten bei den Mülltonnen eine Katze. Sie war sehr zutraulich, und Karl nahm sie mit in die Wohnung. Strahlend verkündete er: Nun haben wir eine Katze! Vater nahm die Katze, öffnete das Fenster und

ließ sie rausfallen. Dann sagte er: Nun haben wir keine Katze mehr. Ich meine, der Katze ist dabei nichts passiert, wir wohnten damals im Hochparterre, aber für Karl brach wohl eine Welt zusammen. Er fing an zu weinen und zu schreien. Vater ohrfeigte ihn, schleppte ihn zum offenen Fenster und sagte: Und nun bist du still, sonst werfe ich dich hinterher. Karl hat danach tagelang kein Wort gesprochen, aber von diesem Moment an hat er seinen Vater gehasst.

Die Geschichte kann man kaum glauben! Trotzdem haben Sie meine Frage noch nicht beantwortet.

Ach ja! Wie stand er zu mir? Ich hatte 1940 eine Schlosserlehre angefangen. Dann wurde ich aber 1943 eingezogen, konnte die Lehre nicht beenden.

Was haben Sie bei Militär gemacht?

Ich war Funker auf einem Schiff vor Holland. Nach dem Krieg war ich kurz in englischer Gefangenschaft. Danach hat Vater mir die Stelle beim Amtsgericht besorgt. Außerdem (hier musste Paul lachen) wollte er mich verheiraten.

Er wollte...!

Ja! Ich habe als Kind auch mit der Tochter der Kaufhausbesitzers Weber gespielt. Unsere Väter waren doch Parteigenossen. Da haben die dann was ausgekaspert. Wäre ja auch eine gute Partie gewesen. Ich hatte aber damals ein Mädchen kennengelernt, mit dem ich mich heimlich verlobt hatte.

Moment! Sie sprechen von dem Kaufhaus, das früher der jüdischen Familie Weiß gehört hat?

Genau! Sie erinnern sich: Wein, Cognac, Anzüge... Als ich meinem Vater sagte, dass aus seinen Plänen für mich nichts wird, hat er geantwortet: Dann bist du für mich erledigt. Dann brauchst du nicht mehr zu kommen. Natürlich habe ich das Mädchen trotzdem geheiratet.

Und danach haben Sie die elterliche Wohnung nicht mehr betreten?

Doch, meine Mutter hat sich da ausnahmsweise mal durchgesetzt. Aber immer ohne meine Frau.

Und Sie haben keinen Wohnungsschlüssel!

Das ist richtig.

Wussten Sie, dass er eine Herzkrankheit hatte?

Nein, da sagen Sie mir etwas Neues. Über sowas wurde aber in der Familie auch nicht gesprochen.

Sie wissen dann auch sicher nicht, ob er Medikamente nahm?

Nein, davon weiß ich nichts. Aber etwas fällt mir ein! Einmal stand er auf dem Treppenabsatz, als ich von oben kam. Er keuchte und hielt sich am Geländer fest. Als ich fragte, antwortete er nur: Die Pumpe.

Der Gerichtsmediziner hatte Neuigkeiten. Der Tote hatte eine enorm hohe Dosis Digitoxin im Blut, berichtete er: Ach ja, Digitoxin bekommt man, wenn man solch einen Herzklappenfehler hat wie der Gerichtsvollzieher. Aber in so hoher Dosierung kann es auch Schaden anrichten. Kann es auch zum Tod führen? Nun, Digitoxin bewirkt – nein, lassen Sie es mich von vorn erklären! Bei einer Herzinsuffizienz bekommt der Körper zu wenig Sauerstoff. Also signalisiert er dem Herzen: Mehr Leistung! Das Herz schlägt daher schneller, aber das reicht ja nicht. Der Herzmuskel wird auch größer, aber das reicht auch nicht, denn die Ursache des Problems ist die kaputte Herzklappe. Können Sie folgen? Schließlich ist das Herzmuskelgewebe so dick, dass es nicht mehr versorgt werden kann, daher wird es abgebaut. Irgendwann ist das Herz nur noch ein großer schlaffer Sack, der kaum noch Leistung bringt. Da haben wir dann die dekompensierte Herzinsuffizienz. Und um die zu verhindern, kommt nun das Digitoxin ins Spiel. Es bewirkt, dass das Herz 1. langsamer und 2. kräftiger schlägt. So kann es trotz Krankheit mehr sauerstoffreiches Blut fördern. Klar? Und nun stellen wir uns vor, wir nehmen viel zu viel von dem Zeug. Unser Herz schlägt also immer langsamer, und bei einem Puls unter 40 kann dann durchaus eine Ohnmacht einsetzen. Und dann....

Befragung des Sohnes Karl:

Wie war das mit der Katze?

Ach, wer hat Ihnen denn davon erzählt? Paul?

Mich interessiert, ob das ein normales Verhalten Ihres Vaters war. Er hätte doch auch sagen können: Bring das Tier zurück.

Nein, so war er. Wenn wir mit ihm diskutieren wollten, gab es Ohrfeigen. Und die Katze vor meinen Augen aus dem Fenster zu werfen, hat ihm sicher Spaß gemacht. Er wollte immer seine Macht zeigen, Angst und Schrecken verbreiten.

Wie hat sich Ihre Mutter verhalten?

Sie hat den Kopf eingezogen. Das heißt: einmal ist sie dazwischen gegangen. Er hat Paul so verprügelt, dass sie wohl Angst hatte, er schlägt ihn tot.

Ihr Vater hat die Familie regelrecht beherrscht. Was er sagte ...

...war Gesetz! Es war nicht klug zu widersprechen. Sonst konnte es passieren, dass er zuschlug. Er schlug übrigens nie im Zorn. Das Schlagen war für ihn völlig selbstverständlich. Ich weiß nicht, ob Sie verstehen, was ich meine.

Doch, ich denke, ich verstehe Sie.

Er schlug, wie andere Leute sprechen.

Er schlug, wie er als Kind geschlagen wurde! Etwas anderes: können Sie mir etwas über die Sekretärin sagen?

Tante Eva! Die war nett, mochte uns Kinder. Manchmal hat sie uns Schokolade geschenkt.

Wie oft war sie da?

Meist am Montag, aber auch öfter.

Wussten Sie, dass Ihr Vater ein Medikament gegen eine, sagen wir Herzschwäche, nahm?

Nein, aber er hätte auch nie über eine Schwäche mit uns gesprochen.

Auch nicht mit Ihrer Mutter?

Ich glaube kaum.

Und könnte Tante Eva davon gewusst haben?

Das kann ich mir nicht vorstellen.

Befragung des Sohnes Paul:

Können Sie mir etwas über die Sekretärin sagen?
Wir sollten sie Tante Eva nennen. Vater redete sie vor der
Familie mit „Sie" an. Ich habe aber gehört, dass er im Büro,
wenn sie allein waren, Eva und du sagte.
War da was zwischen den beiden?
Wenn Sie schon fragen: Ja, da war was. Mutter hat manchmal
geweint deswegen. Einmal sollte Eva mit uns frühstücken.
Mutter stellte ihr wortlos Teller und Tasse hin. Dann entstand
ein bedrohliches Schweigen. Schließlich goss Vater ihr den
Kaffee ein und warf meiner Mutter einen vernichtenden Blick
zu.
Was ist aus Eva geworden?
Sie lebt noch hier in Neustadt. Vor kurzem sind wir uns beim
Einkaufen begegnet.
Bis wann hat Sie für Ihren Vater gearbeitet?
So genau weiß ich das nicht. Ich war ja nachher an der Front.
Da müssen Sie meine Mutter fragen.

Befragung des Sohnes Hans:

Was war Ihr Vater für ein Mensch?
Er war ein Pflichtmensch, hat sich nie geschont. Manchmal hat
er bis in die Nächte gearbeitet, wenn etwa der Bezirksrevisor
kam.
Der die Bücher prüfen musste?
Ja. Der hat auch, da bin ich sicher, nie eine Unkorrektheit
gefunden.
War Ihr Vater beliebt?
Was heißt beliebt?
Er wurde von seinen Vorgesetzten bestimmt geachtet. Zu den
Schuldnern war er korrekt, aber bedenken Sie: ein Gerichtsvoll-
zieher ist nicht nur der Überbringer schlechter Nachrichten. Er

ist der Vollstrecker.

Und wie war er zur Familie?

Er hat gesagt, wo es lang geht. Er war eben – das Familienoberhaupt.

Er war der Führer! Oder? Er soll auch geschlagen haben.

Das stimmt schon, aber es gab ja auch Gründe dafür. Das Meiste hat Paul abgekriegt. Der konnte den Mund nicht halten.

Und man musste den Mund halten!

Man musste eben wissen, was man besser runterschluckte.

Was ist Ihr Beruf?

Ich bin Hausmeister an der Grundschule.

Braucht man als Hausmeister nicht eine abgeschlossene Lehre, z.B. als Handwerker?

Bei mir hat der Krieg das verhindert. Ich wollte später schon eine Ausbildung machen, aber nicht beim Gericht wie Paul. Tischler wäre mein Traum gewesen. Aber irgendwann kam Vater und sagte: Du fängst in der Grundschule als Hausmeister an.

Das hat er einfach so bestimmt? Wie war das denn möglich?

Na ja, er kannte den Direktor, eine alte Verbindung.

Sie meinen: Parteigenossen!

So können Sie das sehen.

Aber entsprach diese Arbeit denn Ihren Vorstellungen?

Wenn Vater es für richtig hielt, dann war es das auch!

Nahm Ihr Vater Medikamente?

Das kann ich mir überhaupt nicht vorstellen! Warum auch! Er war gesund, leistungsfähig. Ihm schmeckte das Essen.

Der Kommissar traf den Gerichtsmediziner: Er hatte mit dem Hausarzt von Friedrich M. gesprochen. Der hatte bestätigt, dass er seinem Patienten Digitoxin verordnet hatte. Es zeigte gute Wirksamkeit. Der Hausarzt hatte das Mittel korrekt dosiert.

Neustadt war von Bomben verschont geblieben. Auch das Kaufhaus Weber stand unbeschadet da. Lediglich das großzügige Angebot an Waren, das es in den zwanziger Jahren ausgezeichnet hatte, war einem bescheideneren Sortiment gewichen. Es war buchstäblich etwas hausbacken geworden.

Vor dem Kaufhaus stand ein junger Soldat in amerikanischer Uniform. Hier auf der Straße hatte damals ein Aufmarsch stattgefunden. „Juden raus" hatten sie gebrüllt. Und dann war ein Pflasterstein in die Schaufensterscheibe geflogen.

David Weiß betrat das Kaufhaus. Er hatte alles viel größer in Erinnerung. Dahinten, wo nun Zeitungen und Zigaretten verkauft wurden, sah er seinen Vater stehen, der den Kunden freundlich den Unterschied zwischen einer Havanna und einer Manila Corona erklärte oder sie beim Kauf von englischem Pfeifentabak beriet. Plötzlich war da der Duft der Zigarren, die sauber in ihren Tropenholzkisten lagen. Auf der anderen Seite waren Stoffe verkauft worden. Viele Frauen nähten ihre Blusen und Röcke selbst. Aber auch die Schneider der Stadt hatten sich für die Seidenstoffe oder schottischen Tweed interessiert.

Auf den Treppenabsätzen zwischen den Stockwerken hatten Tische gestanden, dekoriert mit dem, was die Kunden im nächsten Stockwerk erwartete. Hier war es auch gewesen, dass ein kleines Mädchen einen Teddybären sah. Er saß da zwischen Handtaschen und Portemonnaies. David hatte die Szene von derselben Treppenstufe aus beobachtet, auf der er nun stand. Das Mädchen war stehen geblieben und hatte den Bären angeschaut, als wolle sie Zwiesprache mit ihm halten. Dann griff sie nach ihm. Ihre Mutter befahl ihr, ihn sofort wieder hinzulegen, aber das konnte sie wohl nicht. Schließlich kam eine Verkäuferin die Treppe herunter: Na, kleines Fräulein, möchte der Bär bei dir bleiben? Das Kind nickte und drückte den Bären an sich. Und wie soll das Bärchen wohl heißen? Er heißt Wollbäckchen, war die prompte Antwort. Da gab die Mutter nach, und der Bär musste in eine Tüte, damit man sah, dass sie ihn bezahlt hatte.

Später hatten junge Männer mit weißer Farbe das Wort „Jude" auf die Scheiben des Kaufhauses geschrieben, auch eine Art Davidstern hatten sie gemalt.

Eines Tages dann hatte er mit seinen Eltern vor dem Kaufhaus gestanden. Sein Vater hatte die Tür abgeschlossen. Da, wo wir jetzt hingehen, ist es viel besser, hatte seine Mutter gesagt.

Ein Gespräch mit dem Gerichtsmediziner

Wie kann es zu der hohen Konzentration von Digitoxin kommen?
Da gibt es mehrere Möglichkeiten: der Patient könnte eigenmächtig die Dosis erhöht haben in der Hoffnung: Viel hilft viel. Oder jemand hat ihm mehr gegeben, mehr als gut war.
Was passiert, wenn man zu viel davon nimmt, steht übrigens in der Packungsbeilage.
Aber kann man dem Patienten das Mittel geben, ohne dass er es merkt?
Über das Essen wäre es kein Problem. Der Eigengeschmack so einer Tablette ist gering.
Gibt es noch eine andere Möglichkeit?
Ja, eine Stoffwechselstörung des Patienten. Wenn er das Zeug nicht schnell genug abbauen kann, kumuliert es im Körper, dann entsteht die tödliche Dosis von ganz allein. Der Arzt muss eben regelmäßig prüfen. Manche Ärzte verordnen auch eine Behandlungspause, zum Beispiel einmal pro Woche das Mittel weglassen.

Ein Gespräch mit Therese M.:

Ihr Sohn Paul sagte mir, Sie könnten Auskunft geben über die Sekretärin. Mich interessiert, wie lange sie für Ihren Mann gearbeitet hat.
Fräulein Eva? Die gehörte ja fast zur Familie, ging ein und aus.
Hatte Ihr Mann mit ihr...
Muss ich dazu was sagen?
Sie müssen gar nichts! Aussagen sind grundsätzlich freiwillig. Sie müssen sich nur zu Ihrer Person äußern. Das habe ich ja

mehrfach betont. Aber vielleicht möchten Sie mir sagen, wie lange sie angestellt war.

Das Arbeitsverhältnis endete 1943, im Sommer. Wie gesagt, ging sie ein und aus.

Hatte sie auch einen Wohnungsschlüssel?

Ja, auch das. Als einzige durfte sie das Arbeitszimmer betreten, wenn er nicht da war.

Eines Tages hat sie dann wohl etwas missverstanden.

Was meinen Sie damit?

Sie hat sich zwanzig Mark aus der Kasse genommen. In der Kasse waren nur dienstliche Gelder, nichts Privates. Später, als er sich über den Fehlbetrag wunderte, hat sie treuherzig gesagt, sie habe sich den Betrag geliehen, ich weiß nicht mehr, warum. Sie dachte, sie darf das. Da kannte sie ihn aber schlecht, so etwas ging bei meinem Mann überhaupt nicht.

Was hat er gemacht?

Er hat sich wortlos an den Schreibtisch gesetzt und etwas geschrieben. Dann hat er ihr das Papier überreicht und gesagt: Sie sind fristlos entlassen. Sie hat dann einige Dinge gesagt, die ich bitte nicht wiederholen möchte. Dann nahm sie ihre Jacke und ihre Handtasche. Ich kann noch hören, wie sie auf ihren hochhackigen Schuhen zur Tür ging! Dort drehte sie sich dann um und sagte: Das wird dir nochmal leid tun.

Was macht sie heute?

Ach, das wissen Sie nicht? Sie hat doch kürzlich den Bürgermeister geheiratet. Übrigens, können Sie mir eigentlich sagen, woran mein Mann nun gestorben ist?

Er nahm ein Medikament gegen seine Herzschwäche. Er hatte viel zu viel davon im Blut, da ist dann irgendwann das Herz stehen geblieben. Er war regelrecht vergiftet.

Vergiftet? Das klingt ja nach Mord und Totschlag! Glauben Sie denn, von uns hätte jemand....

Ich glaube gar nichts. Ich sammele Fakten. Aber wenn man hört, was Ihre Söhne so berichten, hätten Sie Grund genug gehabt, ihm den Tod zu wünschen.

Ich habe vor Jahren mal ernsthaft mit dem Gedanken gespielt, ihn umzubringen. Ja, wirklich! Ich hatte entdeckt, dass Fritz seine Dienstpistole, eine 08, unverschlossen im Schreibtisch verwahrte. Geladen war sie auch.

Was hat Sie abgehalten?

Dass ich nicht wusste, was dann aus meinen Söhnen wird, wenn ich, was ja vorauszusehen war, auf die Guillotine gegangen wäre. Ich hätte es getan, wenn es absehbar zu einem besseren Leben für meine Kinder geführt hätte. Aber die wären ja in Sippenhaft genommen worden, weil ihre Mutter einen verdienten Parteigenossen getötet hat. Oder man hätte sie in ein Umerziehungslager gesteckt.

Und die Aussicht auf die Guillotine war Ihnen egal?

Glauben Sie, mein Leben mit diesem Mann war besonders glücklich?

Aber es gab doch eine andere Möglichkeit! Immerhin hat er Ihnen doch einen Scheidungsgrund namens Eva geliefert!

Und Sie glauben, damit wäre ich durchgekommen? In der Zeit? Und mit seinen Verbindungen zur Justiz? Ich finde nach allem, wir sollten ihn nun einfach tot sein lassen.

Das können Sie, und ich kann das auch verstehen. Ich kann und darf das aber nicht.

Der Kommissar verabschiedete sich. Therese brachte ihn zur Tür. Wir sehen uns bestimmt noch einmal wieder, sagte sie zum Abschied.

Versinken

Für meine Mutter

„Ich bin sehr froh, dass Sie gekommen sind!" Der Bürgermeister stand mit Petra im verwilderten Garten vor dem Bauernhaus. „Das Haus steht nun drei Jahre leer", fuhr er fort, „drei Jahre sind eine Menge Zeit für Haus und Garten. Die Bewohnerin ist damals plötzlich verstorben, ihr Mann war schon ein paar Jahre tot. Eine Frau aus dem Nachbardorf hat sich noch eine Zeit lang gekümmert, aber dann sind die weggezogen." „Es sieht nach viel Arbeit aus", sagte Petra, „aber man sieht noch, dass es früher mal liebevoll gepflegt wurde." Sie gingen nun über die halb zugewachsenen Wege. Hier war ein Rosengarten gewesen. Die Hecke, die ihn vor dem Nordwind geschützt hatte, war ausgeufert, aus den sorgfältig beschnittenen Hainbuchen waren Bäume geworden. „Wie sind Sie eigentlich mit den Bewohnern verwandt?" „Meine Mutter und die Besitzerin dieses Hauses waren Halbschwestern. Sie waren aber früh getrennt worden. Ich kann mich an keine Kontakte erinnern. Irgendwann erwähnte meine Mutter, dass sie eine Halbschwester in Berlin hat. Dass sie inzwischen nach Vorpommern gezogen war, habe ich erst von Ihnen erfahren". „Wie es aussieht, sind Sie die einzige lebende Verwandte!" Sie standen nun im Obstgarten. Der uralte Apfelbaum war auseinander gebrochen. Einige seiner Äste verschwanden schon unter den Brennnesseln, die es hier überall gab, und die Himbeerranken überwucherten alles. Der Bürgermeister gab Petra ein Schlüsselbund: „Sie wissen ja, wo Sie mich finden. Ich lasse Sie mal in Ruhe."

Petra umrundete das Haus. Scheune und Ställe gab es nicht mehr, nur einen Treckerschuppen, völlig zugewachsen vom Efeu. Das Haus aber war vor Jahren sorgfältig restauriert worden, mochte ungefähr 150 Jahre alt sein. Die Proportionen erzählten vom Klassizismus. Fenster und Türen waren erneuert worden, wie auch das Dach. Aus den Dachrinnen allerdings wuchs das Gras.

Sie öffnete die Eingangstür, stand in einer Diele auf dem alten Fliesenboden. Es roch nach lange nicht geöffneten Fenstern. Vor den blinden Scheiben hingen Girlanden von Spinnweben. Spinnweben zogen sich auch von den Möbeln zu den Wänden. Trotzdem wirkte das Haus, als seien die Bewohner mal schnell zur Stadt gefahren – und dann nicht zurückgekommen. Hatte der Tod die Bewohnerin überrascht? War sie irgendwo hier gestorben und dann gefunden worden? War es im Garten passiert, beim Schneiden der Rosen? Oder hatte man sie ins Krankenhaus gebracht?

Auf dem Wohnzimmertisch stand eine Vase mit etwas, das einmal ein Rosenstrauß gewesen war. Es gab ein Jugendstil-Klavier, einen Bücherschrank – und es gab einen Schreibtisch. Eine Schale mit Stiften war da, und dann lag da eine Kladde. Petra konnte nicht widerstehen und schlug sie auf. Nirgendwo stand ein Datum, aber die Bewohnerin hatte Ereignisse und Gedanken notiert.

Petra las:

Dies ist für mich Neuland. Ich habe nie ein Tagebuch geführt. Aber nun habe ich das Bedürfnis, Erlebtes und Gedanken aufzuschreiben. Ich bin sehr beunruhigt. Mein Klaus macht mir Sorgen. Vor ein paar Monaten haben wir seinen Eintritt in den

Ruhestand gefeiert, endlich! Die letzten Jahre waren für ihn schon mühevoll gewesen. Aber nun bin ich doch alarmiert!

Wir haben ja nun so schön viel Zeit. Wir wollten nach Greifswald, einfach mal so. In der Altstadt spazieren, Kaffee trinken, vielleicht noch an die Ostsee. Wir fuhren den uns so vertrauten Weg. An der Ampel in Jarmen, wo wir links abbiegen müssen, fuhr er aber geradeaus. Ich sagte, wir müssen doch nach links. Er stutzt, fährt langsamer, dann kommt ein Wegweiser. Er zeigt darauf: Siehst du, nach Anklam geht es geradeaus. Klaus, sage ich leise, wir wollten nach Greifswald. Er erschrickt, findet schließlich eine Stelle zum Wenden. Wir fahren zurück. Dann wieder die Ampel. Er blinkt nach links! Klaus, nach Greifswald! Aber du hast doch links gesagt! Er hält, scheint langsam zu begreifen. Ich weiß nicht, was heute mit mir los ist, sagt er, fahr du!

War das nun ein Ausrutscher? Ein „Blackout"? Ich bin nicht sicher, ob er darüber reden möchte. Ich werde mal abwarten. Nachher war er wie immer. Es war ein schöner, harmonischer Nachmittag.

++

Das ist nun eine Woche her. Er hat dann irgendwann gefragt: Verstehst du, was auf der Fahrt mit mir los war? Ich habe ihn (und mich) beruhigt: Sowas passiert einfach mal. Morgen kann ich es sein, die ihre Brille verlegt oder den Schlüssel! Das war anders, sagte er, ich muss dir was erzählen: Vor ein paar Tagen traf ich in Malchin eine Frau auf der Straße. Ich war ganz sicher, dass ich sie kenne, habe mich sogar gefreut, sie zu sehen. Ich bin auf sie zugegangen und habe gefragt: Wie geht es dir? Sie hat mich ganz irritiert angeschaut. Ich bin der Klaus, habe ich gesagt, was machst du denn so? Sie hat sich umgedreht und ist schnell weggegangen. Ich weiß bis heute nicht, woher ich sie kenne!

Wahrscheinlich hast du sie verwechselt, beruhigte ich ihn, oder es war vielleicht irgendeine Verkäuferin, die du schon oft gesehen hast, ohne dass ihr euch wirklich kennt. Sowas passiert. Das sagst du nun schon zum zweiten Mal! antwortete er. Vielleicht werden wir alt, erwiderte ich und versuchte zu lächeln. Wir sprachen dann über die Beobachtung, dass wir beide uns Namen nicht mehr so gut merken können.

++

Gestern nun klingelte das Telefon. Die Polizei in Demmin meldete sich. Klaus war dort. Er hatte an einer Kreuzung gestanden und bitterlich geweint. Passanten hatten ihn zur Polizei gebracht. Unsere Nummer ist ja in seinem Smartphone gespeichert. Er hatte das Auto, also ließ ich mir ein Taxi kommen. Er war ruhiger geworden, als ich eintraf, sie hatten ihm sogar einen Kaffee angeboten. Ich weiß nicht, was los war, sagte er, erst wusste ich nicht mehr, wo ich unser Auto abgestellt hatte, und plötzlich stand ich da an der Kreuzung und – wusste gar nichts mehr. Nicht, wo ich war, nicht wie ich da hingekommen war. Es war furchtbar. Ich hatte solche Angst! Waren Sie schon beim Arzt, fragte der Polizist.

Genau da werden wir nun hingehen. Ich habe nie vor etwas die Augen verschlossen, sagt Klaus. Wir wollen es wissen. Nun haben wir einen Termin beim Neurologen in Greifswald.

++

Es ist Alzheimer! Es hätte ja auch eine Verkalkung sein können, ein unbemerkter, kleiner Schlaganfall, oder ein Hirntumor! Das wäre wohl noch schlimmer. Die Ärzte haben ein langes Gespräch mit uns geführt, haben dann ein EEG geschrieben und ein MRT gemacht: die Diagnose ist eindeutig! Nun haben wir also einen Befund statt der Ungewissheit. Was ist schwerer zu ertragen? Ich weiß es nicht! Natürlich haben wir nach der

Lebenserwartung gefragt, aber der Arzt hat gesagt, die reiche von 3 Jahren bis zu 20 Jahren, und darum gehe es ja gar nicht. Gut, es geht um die Lebensqualität. Wir haben Medikamente, die den Prozess verlangsamen sollen, wir haben eine Liste mit Diätvorschlägen.. aber im Grund kann man nichts machen! Heilungschancen keine! Nachher haben wir uns lange umarmt, dann sind wir an die Ostsee gefahren und haben da gesessen und den Wellen zugeschaut, wie lange, weiß ich nicht.

Petra hatte bisher neben dem Schreibtisch gestanden. Nun öffnete sie ein Fenster. Frische Luft! Dann setzte sie sich und las weiter:

++

Das Dumme ist: nun erwartet man jeden Tag etwas, eine Verschlechterung, ein Blackout, eine Katastrophe. Und dann ist alles ganz normal, tagelang. Wir gehen in den Garten, Klaus hat gekocht, wir sind spazieren gegangen und haben schöne Gespräche gehabt. Und dann stellt sich diese verdammte Hoffnung ein, es könnte immer so weitergehen! Kann es aber nicht. Er fährt nun nicht mehr allein in die Stadt. Ich bin so froh, dass er mit seiner Krankheit so verantwortungsvoll umgeht. Manch einer würde sagen: das muss ich doch bringen, und würde scheitern oder sich sogar gefährden. Aber dann geschah doch wieder etwas! Die Mülltonne war geleert worden und stand noch auf der Straße. Klaus ging zum Hoftor, öffnete und blieb dann stehen. „Weg!" sagte er, als er ohne Tonne zurückkam, „ich habe vergessen, was ich auf der Straße wollte!"

++

Heute wollten wir einkaufen. Wir stiegen in der Garage ins Auto, gerade wollte ich losfahren, da sagte Klaus: „Es ist so dunkel", stieg einfach aus und ging zurück ins Haus. Ich ging natürlich hinterher. Er wollte zuhause bleiben. Als ich ihn bat, doch mit zu kommen, schien ihn das zu ärgern. „Meinst du, ich stelle irgendwas an, wenn du weg bist", fragte er. Da bin ich eben allein gefahren, aber mit Unruhe. Ist das nun eine neue Phase? Ich habe ja wirklich Sorge, wenn ich ihn allein lasse. Aber wenn ich das zeige, ärgert ihn das. Nachher streiten wir noch!

Als ich zurückkam, fand ich ihn nicht. Ich bin durchs ganze Haus gelaufen, dann durch den Garten. Schließlich bin ich wieder ins Auto gestiegen und durchs Dorf gefahren. Da sah ich ihn, er ging auf dem Fahrradweg Richtung Dorfausgang. Ich fragte: Wo willst du denn hin? Wir wollen doch einkaufen, antwortete er.

++

Etwas ganz Schlimmes ! Gestern Nacht merkte ich, dass er aufstand. Nichts Besonderes, ich schlief gleich wieder ein. Dann wurde ich wach, von lautem Klopfen an die Haustür. Er lag nicht neben mir! Ich lief zur Tür, da stand er draußen im Schlafanzug, und es regnete! Als ich öffnete, stolperte er in den Flur, er war völlig nass. Dann stand er da und schrie und schrie. Ich holte ein Handtuch und den Bademantel, zog ihm die nassen Sachen aus. Dann saß er da, zitterte und sagte: Ich wollte sehen, ob ich die Garage zugemacht habe.

Neuerdings helfe ich ihm beim An- und Ausziehen. Knöpfe und Reißverschlüsse schafft er nicht mehr. Vor kurzem fing er an zu weinen, als ich sein Hemd zuknöpfte. Ich sagte: Es hat geheißen: in guten wie in bösen Tagen. Nun sind wir eben bei den bösen Tagen!

++

Kochen geht nicht mehr! Das war ein Luxus in unserer Ehe: er kochte wunderbar! Manchmal wird man ja von Nachbarn gefragt; Was gab es denn bei euch zum Mittag? Und wenn ich dann sagte: Salat von frischen Steinpilzen, Rehmedaillons mit Preiselbeeren und dann Mousse au Chocolat, dann hörte ich:

Aber das ist ja ein Weihnachtsessen, und ich freute mich. Und nun? Er wollte Spaghetti machen, stellte die Nudeln in den Topf und füllte ihn mit kaltem Wasser. Ich sagte kein Wort und verließ die Küche. Nach einiger Zeit ging ich nachsehen. Die Nudeln waren zu einem klebrigen Brei verkocht, Klaus saß ganz versunken am Küchentisch und sagte: Ich schreibe gerade eine Einkaufsliste.

++

Manchmal, wenn wir spazieren gehen, versuche ich mir vorzustellen, wie Klaus die Welt sieht. Bei ihm bleibt ja nichts mehr hängen, er erzählt auch zwei- dreimal dieselbe Geschichte. Ich stelle mir vor, er sieht alles wie zum ersten Mal in seinem Leben. Letztens war ein Krähenschwarm auf den Feldern, er wurde ganz aufgeregt und rief: Sieh mal die schwarzen Vögel! Ich: Die Krähen finden noch viel Futter auf den abgeernteten Feldern. Er sagte leise: Krähen. Für den Rest des Weges schwieg er. Als wir zuhause waren, sagte ich: Von dir kann man das Staunen wieder lernen.

++

Ich weiß niemanden, mit dem ich über unser Problem sprechen möchte. Aber ich habe ja mein Tagebuch! Unsere Nachbarn wundern sich bestimmt, wenn er neben mir geht, ganz versunken, und niemanden grüßt. Bisher hat niemand gefragt. Neulich abends merkte ich, dass er mit der elektrischen Zahnbürste nicht mehr klar kommt. Er benutzte sie wie eine mechanische. Als ich ihm beim Umziehen half, schaute er mich ganz nachdenklich an und sagte: Immer musst du mir helfen. Das tue ich gern, antwortete ich. Ja, ich könnte sagen: Ich tue es aus Liebe. Aber wie lange kann ich es noch? Ich bin bisher davon ausgegangen, dass nur ich es bin, die für ihn da ist, und dass das reicht. Aber manchmal kommen Zweifel. Wie lange kann ich ihn noch allein lassen, wenn ich in die Stadt fahre? Was ist, wenn er gar nichts mehr allein kann, ich ihn waschen, eincremen, auf die Toilette bringen muss? Was ist, wenn er Windeln braucht? Lauter furchtbare Gedanken, die mir Angst machen!

++

Gestern hörte ich, wie er um Hilfe rief. Ich rannte aus der Küche, da stand er im Flur, hatte sich eingenässt und weinte: Ich muss zur Toilette, rief er, wo ist die Toilette? Dann, wütend: Es ist hier ja auch viel zu dunkel! Ich brachte ihn zur Toilette, holte trockene Sachen und wusch ihn. Wie ich da vor ihm hockte und ihn abtrocknete, legte er beide Hände auf meinen Kopf. Das geht doch nicht, sagte er leise. Ich werde nun darauf achten, dass im Flur das Licht angeschaltet bleibt.

Heute ist Klaus sehr früh aufgestanden. Ich habe seit kurzem alle Türen abends verschlossen, den Schlüssel versteckt (schlimm!?). so konnte ich ruhig noch etwas liegen bleiben. Als ich aufstand, war Klaus an der Eingangstür. Er hatte ein altes Schlüsselbund gefunden. Nun versuchte er, ob einer der Schlüssel passte. Er war noch im Schlafanzug. „Ich muss doch los!" Er war ganz aufgeregt. Zum Glück gelang es mir, ihn umzustimmen. Ich sagte: Ich habe ja vergessen dir zu sagen, dass dein Termin verschoben ist. Ich half ihm dann bei der Morgentoilette und beim Anziehen. Ich betone immer, dass ich ihm nur helfe, frage auch, ob ihm das Hemd, die Hose gefällt, die ich für ihn ausgesucht habe. Praktisch wasche ich ihn aber und ziehe ihn an oder aus.

Dann sah ich ihm zu, wie er seinen Kaffee trank und ein Croissant mit Erdbeermarmelade aß. Er ist oft ganz in sich versunken, der Blick ist wie nach innen gerichtet. Ich bin dann wohl gar nicht da. Neulich ertappte ich mich bei einem schrecklichen Gedanken: wenn ich für ihn als Person nicht mehr wichtig bin, könnten doch auch andere....Noch weise ich das von mir! Aber ich weiß doch, dass der Tag kommen wird, wo ich ihn nicht mehr betreuen kann, er ein Zimmer im Pflegeheim braucht. Muss ich das vorbereiten? Es kommt mir wie Verrat vor!!

Nach dem Frühstück verließ er wortlos die Küche. Ich fand ihn dann schlafend auf dem noch unaufgeräumten Bett. So konnte ich mich um die Wohnung kümmern. Manchmal sieht es schlimm bei uns aus, aber wann soll ich das alles machen?

++

Ein Lichtblick! Ich habe eine junge Frau gefunden, die mir im Haushalt hilft. Sie heißt Kathrin, wohnt im Nachbardorf. Mir scheint, Klaus mag sie auch. So kann ich ohne Sorgen in die Stadt fahren, wenn sie da ist (sollte ich sagen: wenn sie aufpasst?). Und so kam es, dass ich nun doch in Demmin in einem Pflegeheim war. Natürlich erstmal nur zur Information! Man sagte mir, Klaus könne in die Warteliste aufgenommen werden. Das Haus gefällt mir, freundlich und sauber, aber ich sträube mich total! Kann ich die Verantwortung für ihn so einfach abgeben? Das tun Sie doch nicht, sagte die Pflegerin, die mich auch herumführte, es ist doch so, dass Sie sich da Hilfe holen, wo Sie allein nichts für ihn tun können. Das einzusehen, ist nicht leicht. Dass es irgendwann für ihn gut sein wird, nicht mehr nur auf mich angewiesen zu sein! Die Pflegerin sagte noch: Auch für Sie ist es doch irgendwann wichtig. Wir arbeiten in Schichten, Sie sind 24 Stunden im Dienst. Daran gehen Sie irgendwann kaputt.

++

Was ist eigentlich mit mir? Diesen Gedanken habe ich bisher immer weggeschoben. Ich habe es mir übel genommen, wenn ich müde war oder gereizt. Wenn ich darunter gelitten habe, dass der wichtigste Mensch in meinem Leben nun neben mir ging, ohne mich wahrzunehmen, dass ich mit Vorschlägen und Fragen ins Leere stieß. Das ist oft schlimmer, als ihn zu waschen oder anzuziehen, ihn (ja auch das!) zur Toilette zu bringen. Mit Kathrin habe ich ein Gegenüber. Ich kann mit ihr über alles sprechen, da sie ohnehin alles mitbekommt.

Als ich in dem Pflegeheim war, stand eine Zimmertür offen. Ich sah eine weißhaarige Frau, sie lag im Bett, auf dem Rücken, mit offenem Mund, die Augen geschlossen. Sie hatte eine Sonde in der Nase. Eine Pflegerin kümmerte sich um sie, befeuchtete ihren Mund mit einem Tupfer. Sie reagierte überhaupt nicht. Läuft es darauf hinaus, fragte ich, ist so das Endstadium? Das ist ganz verschieden, erklärte die Pflegerin, aber dieser Zustand ist nicht selten. Was denkt sie wohl, wenn sie so daliegt? Wir wissen es nicht, sagte die Pflegerin, aus dem Land, in dem sie nun ist, kommt man ja nicht zurück.

Ich versuche, diese Krankheit zu verstehen. Es heißt, im Gehirn breiten sich Plaques aus, Eiweißkörper, die nach und nach die Verbindungen zwischen den Nervenzellen zerstören. Zuerst vergisst man, dann kommen Orientierungsprobleme, auch die Persönlichkeit verändert sich, aber irgendwann sind dann auch die Körperfunktionen dran: Sprechen, Laufen, Schlucken. Im Pflegeheim erfuhr ich, dass die Dementen sich leicht verschlucken, dass dadurch eine Lungenentzündung entstehen kann. Was macht man, wenn unser Körper nicht mehr weiß, wie man atmet? Sollen Apparate die Reflexe ersetzen? Will man das? Ich kann Klaus nicht mehr fragen. Es ist zu spät.

++

Auf der Warteliste zu stehen, ist beruhigend und bedrohlich zugleich! Was mache ich denn, wenn morgen ein Anruf kommt: Es ist ein Zimmer frei. ? Wie mache ich Klaus das klar? Er würde es doch sofort vergessen, selbst wenn er zugestimmt hätte. Und wenn er nicht will: ich kann ihn doch nicht gegen seinen Willen ins Heim bringen! Was ist, wenn er sagt, er möchte hierbleiben? Er bleibt in letzter Zeit gern zuhause. Er sitzt dann einfach vor dem Fernseher, oder er legt sich ins Bett. Vor einiger Zeit wollte er immer weg, war von großer Unruhe getrieben. Sag ihm doch einfach, ihr macht eine schöne Reise, und du hast ein Hotel gebucht, schlug Kathrin vor. Ich war entsetzt: Ich soll ihn anlügen? Aber das tust du doch für ihn! Wieder diese Logik, der ich nicht folgen mag, obwohl es ja richtig ist. Kathrin legte nach: Und wann, meinst du, bekommst du einen Platz, wenn du das erste Angebot ablehnst?

++

Heute kam nun wirklich ein Brief vom Pflegeheim. Sie haben Klaus als besonders schweren Fall eingestuft und ihm ein Zimmer gegeben, das vor kurzem frei wurde (das heißt natürlich, dass der Bewohner gestorben ist!). Daher ging es so schnell, viel zu schnell für mich. Gut, dass ich Kathrin habe, die auch jetzt einen kühlen Kopf bewahrt und an alles Nötige denkt. Ich muss einen Fernseher kaufen. Den braucht er unbedingt. Er liest ja praktisch nicht mehr. Seine Aktivitäten sind fernsehen, spazieren gehen (selten) und schlafen. Gespräche gab es in letzter Zeit kaum noch. Er war total in sich! Oft schlief er dann im Fernsehsessel ein. Ich habe eine Decke über ihn gebreitet und ihn in Ruhe gelassen. Wer tut das im Pflegeheim! Ob es für ihn unangenehm ist, wenn eine Pflegerin ihn zur Toilette bringt, ihn sauber macht? Ich kann das nicht! Aber ich weiß doch, dass es sein muss. Kathrin sagt, ich könne nicht loslassen. Was würde er wohl tun, wenn ich es wäre, die Alzheimer hat? Manchmal wäre ich gern an seiner Stelle, nein, das ist jetzt Unsinn! Ich möchte nur nicht dauernd diese verdammten Entscheidungen treffen müssen! Ich fühle mich schlecht, wie immer ich auch entscheide!

++

Das Zimmer ist sehr schön! Er hat einen Blick auf die Bäume gegenüber, es ist hell und freundlich. Ich habe heute den neuen Fernseher hingebracht, alle Formalitäten erledigt. Nun kommt der schwere Teil! Ich kann das nicht so machen, wie Kathrin vorgeschlagen hat! Wir machen eine schöne Reise. Und dann: April, April, du bist im Pflegeheim! Er hat seine Würde, man darf einen Menschen nicht betrügen, nur weil er dement ist. Und wir haben uns nie belogen, in 43 Jahren!

++

Ich habe ihm gesagt, dass es etwas Wichtiges zu besprechen gibt. Klaus, habe ich angefangen, ich brauche mal eine kleine Pause, ich muss mich erholen. Er sah mich aufmerksam an, sagte nichts. Ich fuhr fort: Du weißt ja, dass ich in letzter Zeit viel arbeiten musste, und nun musst du mir mal helfen! Ich möchte einfach mal nichts tun, ausschlafen, mal Zeit haben. Noch immer sah er mich an, ohne etwas zu sagen. Ich habe dir ein Zimmer gemietet, in Demmin, ein schönes Zimmer! Mein Herz raste inzwischen. Es ist ja nur, bis ich mich erholt habe, fuhr ich fort, und wie ich das sagte, spürte ich wieder diese Hoffnung, es möchte so sein, dass ich mich erhole, ihn wieder zu mir nehme. Klaus schwieg noch eine Weile. Dann plötzlich stand er auf und ging zur Tür. Wir stiegen ins Auto. Als wir langsam an den Feldern vorbeifuhren, sagte er: Hier bin ich schon mal gewesen.

Wir gingen dann in das Haus, eine Pflegerin begrüßte uns und brachte uns zu seinem Zimmer. Ich hatte einen Blumenstrauß auf den Tisch gestellt, dazu einige „National Geographic" hingelegt, die Klaus früher oft gelesen hatte. Den Fernseher hat der Hausmeister inzwischen angeschlossen. Klaus nahm die Fernbedienung: Kann ich dich anrufen, fragte er. Ich sagte: Ich werde immer da sein, wenn du mich brauchst! Dann verließ ich ihn. Und nun sitze ich hier und habe das heulende Elend.

Alles in unserem Haus erzählt unsere Geschichte! Der Vitrinenschrank, den wir spontan in Greifswald gekauft haben, die Bücher darin! Die Farbe der Wände! Die Bilder. Und dann der Garten. Alles von Klaus und mir! Wir waren in Branitz und haben uns im Park von Fürst Pückler umgeschaut und uns anregen lassen. Die Küchenutensilien allerdings sind mehr Klaus. Seine Küchenmaschine, die ich nie bedient habe, seine

Messer, die Gewürze – die schönen Gerichte, die er mit so viel Liebe zubereitet hat. Wenn ich in die Küche gehe, erwarte ich ihn dort. Wenn ich nach Hause komme, suche ich nach ihm. Das passiert von ganz allein, und meine Vernunft muss dann herhalten: er ist da, wo gut für ihn gesorgt wird.

Gestern schaltete ich das Radio an, um mal Nachrichten zu hören. Doch es gab gerade Musik: ein Cello spielte „Kol nidrei" von Max Bruch. Mir liefen sofort die Tränen. Wir hatten das Stück vor Jahren in der Berliner Philharmonie gehört. Rostropowitsch hatte es gespielt. Das stand in diesem Moment vor mir auf. Ich hatte es völlig vergessen! Kathrin legte den Arm um meine Schulter. Er ist nicht tot, sagte sie.

++

Warum habe ich nicht früher daran gedacht! Ich werde einen CD-Player kaufen, damit Klaus Musik hören kann. Wenn er die Bedienung nicht mehr schafft, können die Pfleger ihm helfen. Ich hatte ja selbst gerade erlebt, dass Musik uns da erreicht, wo Sprache nicht mehr hinkommt.

++

Heute war ich mit Klaus draußen, wir gingen durch den kleinen Park des Pflegeheims. Er blieb dann vor einem Rosenbeet stehen: Schön, sagte er. Wir hielten unsere Nasen über die Rosen. Nachher setzte ein leichter Regen ein, wir mussten ins Haus. Ich legte ihm Bachs „Wohltemperiertes Klavier" auf, dann zog ich meinen Mantel an: Ich muss nach Hause. Ich will auch nach Hause, sagte Klaus. Es gelang mir, meine Tränen zurückzuhalten, bis ich im Fahrstuhl war.

++

Eine Pflegerin berichtete mir, Klaus habe einen starken Bewegungsdrang entwickelt. Sie mussten etwas aufpassen. Einmal war er auf der Straße. Die Pflegerin erzählte: Ich bin hinterher gelaufen und habe gesagt: Sie wollten doch Ihre Frau anrufen! Da kam er mit zurück. Was macht man, wenn ein Bewohner dann trotzdem weitergeht? Mitgehen und Überzeugungsarbeit leisten.

Sein Bewegungsdrang führte nun auch zu einem Ereignis, über das die Pflegekräfte lachen mussten. Klaus hat die Angewohnheit entwickelt, abends, auch nachts, im Schlafanzug durchs Haus zu wandern. Zeit spielt für ihn ja keine Rolle mehr. Vor ein paar Tagen hörte der Nachtpfleger eine Frau schreien. Er rannte zu dem Zimmer: Klaus hatte die Zimmer verwechselt und sich nach seinem Spaziergang zu der Frau ins Bett gelegt! Er verstand die ganze Aufregung nicht, erzählte mir der Pfleger, ich habe ihm dann aber gesagt, das Bett sei doch zu klein für zwei Leute, und ich hätte noch ein Bett für ihn.

++

Ich möchte mich gern einbringen! Ich habe auch schon eine Idee: ich werde eine Vorlesestunde anbieten, für alle, die teilnehmen wollen, vielleicht abends. Ich könnte kleine Erzählungen vorlesen, Märchen, die sie aus der Kinderzeit kennen, vielleicht auch mal Gedichte. Ein festes Ritual für die herumirrenden Gedanken! Damit sie Ruhe finden.

So habe ich eine Aufgabe! Ich muss Texte heraussuchen, die sich zum Vorlesen (am Abend) eignen. Es ist fast wie Unterrichtsvorbereitungen. Kathrin ist dann meine kritische Hörerin. Ihre Meinung ist mir wichtig. Als erstes habe ich ein Märchen von Andersen ausgewählt: Der Schweinehirt. Kathrin war skeptisch, doch es wurde ein Erfolg! Ich sagte, es solle eine Gute -Nacht-Geschichte sein, und viele Bewohner kamen in den Aufenthaltsraum. Das Lied, das am Schluss die Prinzessin singt, kannten einige noch auswendig und sangen mit: O du lieber Augustin… Ich soll das öfter machen!

++

Als ich Klaus heute besuchte, saß er in seinem Bett, das Kopfteil war hochgestellt. Er hatte die Augen geschlossen, seine Hände ruhten auf der Decke. Ich ging zu ihm, strich mit der Hand über seinen Kopf und küsste ihn. Er legte den Kopf etwas zurück, reagierte aber nicht weiter. Die Augen blieben geschlossen. Ich wählte das 1. Klavierkonzert von Brahms, den 2. Satz. Dann setzte ich mich neben ihn und nahm seine Hand.

Hier endeten die Aufzeichnungen. Es war spät geworden, Abenddämmerung. Petra schloss alle Fenster. Das Tagebuch nahm sie an sich. Sie ging dann noch einmal langsam durch den Garten, setzte sich auf eine blaue Bank, die da, halb zugewachsen, am Rand des Rosengartens stand, und atmete diese kühle, wunderbare Luft. „Dämmrung will die Flügel spreiten," fiel ihr ein. Überall waren die Himbeerranken. Ihre Früchte waren in den letzten Jahren nur von den Vögeln geerntet worden. Was zu Boden fiel, war für Igel und Schnecken. Petra aß ein paar Beeren, es waren Geschenke aus einer vergangenen Zeit. Sie hatten überdauert. Sie kehrten Jahr für Jahr wieder, und es war ganz gleich, ob sie jemand erntete. Sie waren einfach da.

Inhaltsverzeichnis

Der Umzug   7

Der Umzug — 7
Dorfrunde — 17
Besuch beim Vater — 24
Vergeblich — 32
Ein Todesfall — 42
Eine Verchener Geschichte I — 49
Eine Verchener Geschichte II — 58
Nachkriegsgeschichte — 67
Versinken — 82

„Es ist mir wichtig, allen zu danken, die an der Entstehung dieses Buches mitgewirkt haben.

Im Besonderen meiner Frau Brita für Ermutigung und viele Anregungen und Gespräche zu den Geschichten.

Danke auch Käthe Dähne, die immer zur Stelle war, wenn ich Probleme mit Hardware oder Software hatte.

Tilo Hertel hat den redaktionellen Teil übernommen und hat großen Anteil an der Gestaltung des Buches.

Euch allen vielen Dank!"

Hartwig Woting

wurde 1948 in Poggenhagen bei
Hannover geboren. Während der
Schulzeit erlernt er das Geigen-
und Blockflötenspiel. Nach einer
Ausbildung zum Lehrer studiert er
Tiermedizin und ist von 1981 -
2005 Teilhaber in einer
Gemeinschaftspraxis. Daneben arbeitet er im Schulorchester an der
Schule seiner Frau Brita mit und gibt Geigenunterricht. 2005
ziehen Brita und Hartwig Woting nach Meesiger in Mecklenburg-
Vorpommern und widmen sich der Umgestaltung eines alten
Bauernhauses und des Gartens. Sie beschäftigen sich auch intensiv
mit der Geschichte des Dorfes und ihres Hauses, lesen sich in die
alten Kirchenbücher ein. So entsteht ein Buch über den Friedhof
von Meesiger und 2020 „Das Hübbesche Haus", eine Chronik
ihres Bauernhauses. (BoD).
Hartwig Woting arbeitete außerdem zehn Jahre lang als Kantor der
Kirchengemeinde Verchen. Darüberhinaus entstehen Kurzgeschichten, von denen eine Auswahl in diesem kleinen Buch
veröffentlicht wird.